卡夫城堡

「誤讀」的詩學

余境熹——著

【總序】
不忘初心

李瑞騰

詩社是一些寫詩的人集結成為一個團體。「一些」是多少？沒有一個地方有規範；寫詩的人簡稱「詩人」，沒有證照，當然更不是一種職業；集結是一個什麼樣的概念？通常是有人起心動念，時機成熟就發起了，找一些朋友來參加，他們之間或有情誼，也可能理念相近，可以互相切磋詩藝，有時聚會聊天，東家長西家短的，然後他們可能會想辦一份詩刊，作為公共平台，發表詩或者關於詩的意見，也開放給非社員投稿；看不順眼，或聽不下去，就可能論爭，有單挑，有打群架，總之熱鬧滾滾。

作為一個團體，詩社可能會有組織章程、同仁公約等，但也可能什麼都沒有，很多事說說也就決定了。因此就有人說，這是剛性的，那是柔性的；依我看，詩人的團體，都是柔性的，當然程度是會有所差別的。

「臺灣詩學季刊雜誌社」看起來是「雜誌社」，但其實是「詩社」，一開始辦了一個詩刊《臺灣詩學季刊》（出了四十期），後來多發展出《吹鼓吹詩論壇》，原來的那個季刊就轉型成《臺灣詩學學刊》。我曾說，這一社兩刊的形態，在臺灣是沒有過的；這幾年，又致力於圖書出版，包括吹鼓吹詩叢、同仁詩集、選集、截句系列、詩論叢等，迄今已出版超過一百本了。

根據彙整的資料，2019年共有12本書（未含蘇紹連主編的4本吹鼓吹詩叢）出版：

一、截句詩系

王仲煌主編／《千島詩社截句選》
於淑雯主編／《放肆詩社截句選》
卡夫、寧靜海主編／《淘氣書寫與帥氣閱讀——截句解讀一百篇》
白靈主編／《不枯萎的鐘聲：2019臉書截句選》

二、臺灣詩學同仁詩叢

離畢華詩集／《春泥半分花半分》（臺灣新俳壹百句）
朱天詩集／《沼澤風》
王婷詩集／《帶著線條旅行》
曾美玲詩集／《未來狂想曲》

三、臺灣詩學詩論叢

林秀赫／《巨靈：百年新詩形式的生成與建構》
余境熹／《卡夫城堡——「誤讀」的詩學》
蕭蕭、曾秀鳳主編／《截句課》（明道博士班生集稿）
白靈／《水過無痕詩知道》

截句推行幾年，已往境外擴展，往更年輕的世代扎根了，選本增多，解讀、論述不斷加強，去年和東吳大學中文系合辦的「現代截句詩學研討會」（發表兩場主題演講、十六篇論文），其中有四篇論文以「截句專輯」刊於《臺灣詩學學刊》33期（2019年5月）。它本不被看好，但從創作到論述，已累積豐厚的成果，「截句學」已是臺灣現代詩學的顯學，殆無可疑慮。

「臺灣詩學詩論叢」前面二輯皆同仁之作，今年四本，除白靈《水過無痕詩知道》外，蕭蕭《截句課》是編的，作者群是他在明道大學教的博士生們，余境熹和林秀赫（許舜傑／臺灣詩學研究獎得主）都非同仁。

至於這一次新企劃的「同仁詩叢」，主要是想取代以前的書系，讓同仁更有歸屬感；值得一提的是，白靈建議我各以十問來讓作者回答，以幫助讀者更清楚更深刻認識詩人，我覺得頗有意義，就試著做了，希望真能有所助益。

詩之為藝，語言是關鍵，從里巷歌謠之俚俗與迴環復沓，到講究聲律的「欲使宮羽相變，低昂互節，若前有浮聲，則後須切響」（《宋書・謝靈運傳論》），這是寫詩人自己的素養和能力；一旦集結成社，團隊的力量就必須出來，至於把力量放在哪裡？怎麼去運作？共識很重要，那正是集體的智慧。

臺灣詩學季刊社將不忘初心，在應行可行之事上面，全力以赴。

【推薦序】
詩演義的可能：
卡夫v.s.卡夫卡——余境熹的跨領域閱讀策略

白靈

「卡夫城堡」是香港青年詩人詩論家余境熹為新加坡詩人卡夫建構的前所未見的詩的堡壘。使用的是嬉遊如電玩軟體設計的手法、砌起名為誤讀的城磚，高門厚牆、雄偉壯觀，令人側目，不能不好奇其中真相。

不像「卡夫卡的城堡」，始終讓土地測量員不得其門而入，「卡夫城堡」要親民多了。原來城堡外進城的路徑還不只一條，城內都是卡夫用字之木石與句之樑柱，搭起如詩般的寶殿偏殿畫牆庭閣花園，迷宮曲折、處處讓人亮眼。守衛雖然不嚴，路標清晰卻琳瑯滿目，稍一不慎即易錯過盛景和轉彎處。從城內到城外，指路人不少且真熱心，庭閣大殿無不一一細為解說。稍有疑惑，更詳加引經據典，將眼前所見一殿一畫一庭一閣一園一石一花一木一草一階一梯賦與名號和故事，輕鬆即與古今中外名典經史、現代電影漫畫、後現代電玩動畫相接連，無不如數家珍，看似肆意附會，卻創意十足、想像力驚人，如自創「詩之演義」新品牌的說書人，精彩處真是令閱聽者欲罷不能。看其胸前名牌，有叫余境熹的，有叫余境熹的弟弟的，還有叫余境熹的兒子的，說法卻常唱反調，像新小說有不同敘事角度和迴異的結尾，且互不相讓，各自據理力爭，還不只一兩位，分身不少，常令閱聽者抓不住真正結局如何，真有如虛似幻之感。

卡夫對「卡夫城堡」的規劃、建構、和繁花盛景的解說和導覽方式一定自己也如夜裡仰觀滿天煙火之感吧？他對余氏如是龐大廣袤的閱讀履歷如何得之，一定也是深深激賞和佩服的。因為卡夫的詩在「卡夫城堡」裡是被翻箱倒篋地傾倒出來輪番重組檢視，拿來砌牆塗壁，余氏拆解卡夫到骨髓裡後，將之編成故事、神話、歷史、動漫、情色細節等等，塗成連環壁畫，再予以穩妥又合情的說詞。連卡夫一改二改三改乃至原稿，歌手唱過的歌等等他都如數家珍，且莫不與任何卡夫作品改動時的「一舉一動」吻合，比如〈吻吻吻吻吻太過動魄驚心：卡夫的〈吻〉「誤讀」〉即一顯例，令人不得不合理地懷疑他是否派了弟弟或兒子進入卡夫的腦中或潛意識裡「臥底」。甚至卡夫在貼詩過程中如何與其他詩人互動、一再更動原作的心路歷程他都刨根挖底，予以徹底揭露，比如題目都需自填的〈________________：《卡夫截句》中〈我〉的「誤讀」〉一篇即是，連古今詩人、小說家、漫畫家與中國祖宗三代的經史連結都可「合縱連橫」起來，還找來「我的弟弟」相互抬槓、齊唱雙璜，以「我的理解：」、「我的弟弟卻認為：」、「我不同意：」、「這次我的意見甚為卑下：」、「倒是我弟見解甚妙：」，如此一牆雙塗，內外通吃，究竟何者為是，也不下定論，最後另找蕭蕭出來抵擋一下：

蕭蕭在為「臺灣詩學25週年截句詩系」寫總序時，提出了

> 「和弦共振」的觀念。靈歌說卡夫的〈我〉「曲折迴轉，歷經多位醫師會診，各自動以大刀整容」，其實正揭示出截句詩創作的對話——或說「和弦共振」的可能。「誤讀」卡夫、蕭蕭、靈歌分裂的〈我〉，就又在弦上多撥兩撥，振一振，手都濕了。

原來「和弦共振」觀念若用在余氏身上，就是余境熹和余境熹的弟弟們、余境熹的兒子們的關係，無不是他「分裂的『我』」。他拔一毛嘴上一吹，化為千個萬個余境熹一起圍攻「詩的光明頂」，怪不得能「眾『余』喧嘩」，意圖助他完成詩的偉業。還為「截句」留個極易「和弦」、「共振」、「對話」的美名，而這正是「古之絕句」稀鬆平常之事，余境熹為小詩和「今之截句」演義出的「卡夫城堡」正是砌起這樣的一座界碑式的壯闊景觀，他打破了過去諸多冗長新詩「卡夫卡式城堡」讓人不得其門而入的困境，企圖重塑「今之截句」未來必可無限演義的可能。

如此，余氏「卡夫城堡」顯然不僅是寫給「卡夫們」或「卡夫卡們」居住或遊覽的，那是滿腹經綸的余境熹寫給下世代、下下世代，簡單說是寫給未來愛詩的年輕人的，只有他們可以明白詩是有無限可能的，詩是可以說書的方式無邊無界地「演義」的，詩是可以5G甚至6G的，可以人機合體、相互操控嬉玩，詩是可以互換身份或身體、乃至互換性別，詩根本必須跨領域地閱讀才能樂趣無窮：跨地域、跨圖文、跨文體、跨性別、跨媒材、跨人機、跨世代、跨時空、跨有無、跨色空、跨一切的真實與虛擬，去到詩最本真無邪、除掉一切界限的地方。那是「有框的無框化，有界的無界化」的地方。

【推薦序】
余境熹的「誤讀」創作學

蕭蕭

1

我喜歡一句俗話：「裝睡的人叫不醒」。

這句話真理性強，真實性強，真相亦然。

一個正常入眠的人，不論入眠多深，一定的分貝所傳達的聲波一定可以喚醒他，但同樣的分貝、同樣的溫柔，卻無法喚醒同一個決意裝睡的人，如果他被你喚醒，他的裝睡「動作」、他的裝睡「目的」就不算成功，因為他一定要成功。

蕭水順誤讀區：

A. 中國國民黨從未裝睡。

B. 民主進步黨從不裝睡。

C. 2019的臺灣民眾黨不知甚麼是裝睡。

2

香港人反送中之前，香港人余境熹（1985-）就完成了《卡夫城堡——「誤讀」的詩學》，可能是余境熹寫那麼多誤讀詩學篇章，最早為個人詩作成集出書者，我們給予兩位最深的祝福。

香港人反送中之前，香港人余境熹就完成了《卡夫城堡——「誤讀」的詩學》，可見此書與反送中無關，但與香港人有關，因為此書首度誤讀的篇章就是卡夫（杜文賢，1960- ）的〈香港高樓〉，新加坡的卡夫不是沒見過高樓，但是沒見過如此密集如此厚稠的香港高樓、香港高人，高樓與高人之間幾乎沒有呼吸的空檔。

此書書寫的秩序，輯一就是為〈香港高樓〉這單一詩篇所寫的誤讀，「香港」無疑是這本誤讀詩學最重要的觸媒劑。輯二是從動漫截出的快樂時光，以動漫為單一視野，單一凝視《卡夫截句》（秀威，2018）。輯三則對卡夫第二本截句詩《我夢見截句》（秀威，2019），在趨情趨色與驅邪驅魔的當今現實與遠古歷史之間驅馳，時有驚豔之舉。輯四最是特殊，借用白靈（莊祖煌，1951- ）與卡夫的詩，疊合阿茲特克（Aztec）歷史發展的一篇學術論文，透漏了余境熹學者出身的神祕身分。前此白靈力推五行詩，近期發展截句，卡夫則隨白靈而專注投入截句研究，不到三年出版《卡夫截句》、《我夢見截句》、《截句選讀一》、《截句選讀二》、《新華截句選》、《淘氣書寫與帥氣閱讀：截句解讀100篇》，大約是華文世界最配合白靈推動截句的第一人，現實如此，余境熹嫻熟不同時代的歷史（上古、中古、現代詩史等等），所以有此串聯與誤接，將誤讀詩學拔高到史學文獻的考究，令人擊節讚嘆。

不過，此書題名《卡夫城堡——「誤讀」的詩學》，讀竟全書，從未見一文論述名為〈城堡〉的詩作，直到〈後記〉，余境熹簡單敘述法蘭茲・卡夫卡（Franz Kafka）的小說《城堡》（德語Das Schloß），說土地測量員K受邀到城堡上任，在一個下雪的深夜來到城堡入口的村莊，不料卻受阻而無法進入城堡，城堡始終近在眼前又遠在天邊，眼可望而腳不可即，整篇小說就是在表達這種「無盡的等待，平靜的絕望」，一直到故事結尾，依然是下著雪的冬夜，等不來春天。人生，就是這樣一篇未竟的小說，未竟的旅程。顯然，余境熹有意以《城堡》來象徵卡夫的詩，那是就在眼前卻不得其門而入的空間。《城堡》中文譯本的封面是與一隻眼睛結合的一把鑰匙，空有眼睛、空有鑰匙，卻無啟鑰的匙孔！

余境熹深知《城堡》的情節，充滿各種啟發思考的象徵，但這些象徵所指不定，讀者若要洞悉卡夫卡的真實企圖，其努力終歸是徒勞無功、白費心機。余境熹說，從神學立場出發，「城堡」可以是神及其恩典的象徵，K的挑戰終歸失敗；以心理學剖析，城堡是K自我意識的外在折射；從存在主義看，城堡表徵的是荒誕的世界，現代人的精神危機；以歷史或社會學觀點分析，效率低下、官僚主義的城堡代表著崩潰前夕的奧匈帝國；形上學的視域裡，K所致力探求的城堡是尋求生命的終極意義；馬克思主義文藝觀中，K的恐懼來自於個人和物化了的外在世界的矛盾；實證主義者，就會去詳細考訂卡夫卡的生平、時代、社會，對應小說中的人和事，索隱鉤沉。

讀者或許真認為余境熹是以學者的身分在討論《城堡》的象徵義，但我認為，應該是他在告訴我們「誤讀」其實有好多康莊大道、通幽曲徑、羊腸小路可以走，形上學、社會學、存在主義、神祕學、馬克思……，都可以通羅馬、通新加坡、通卡夫卡、通卡夫。但是，背後的真義也在說：清醒的「誤讀」談何容易，神學、心理學、存在主義、歷史或社會學、形上學……！

蕭水順誤讀區：

A.卡夫卡才有城堡，卡夫沒有城堡，所以書名《卡夫城堡》，真是「誤讀」的詩學。

B. 卡夫卡才有城堡，卡夫沒有城堡，書名《卡夫城堡》顯示：卡夫不卡城堡。

C. 城堡是防禦性的武裝建築，所以應該有靜態的挑釁味道：來呀來呀！來攻打我呀！——這是卡夫發出的？還是余境熹？

3

「詩學誤讀」（poetic misprision）是美國解構主義批評家哈羅德・布魯姆（Harold Bloom）所建構的一套理論，余境熹藉由〈坐在阿茲特克的廢墟上沉思：卡夫截句、白靈小詩的歷史迴響〉的論文餘韻及相關註解，提出了許多說解與努力方向，依其論說擇要分述如下：

1. 開放的「可寫文本」與封閉的「可讀文本」不同，開放的「可寫文本」具有充足的條件，能誘使讀者介入其中，進行再創造。
2. 「消費性讀者」和「生產性讀者」，後者才是「理想的讀者」，有著強烈的參與意識，回絕文本顯明的可理解性，將文本視為再生產的材料，能闡發文本的多重意義。〔以上羅蘭・巴特（Roland Barthes, 1915-80）〕
3. 當代的文學詮釋已不能以「準確」為目標，不妨轉移焦點，以追求豐富、激越、具趣味的再創造為旨歸。〔茨維坦・托多羅夫（Tzvetan Todorov, 1939-2017）〕
4. 由於書寫的基礎乃文化的累積，一個文本與其餘文本存有的「互文」關係，有時並不為作者自己所意識，故以作者意志為詮釋的向度，並不能滿足對文本文化內涵進行開掘的要求。〔茱莉亞・克莉斯蒂娃（Julia Kristeva, 1941- ）〕

5. 文本無法擺脫外在因素如體制和規範之影響，所以不具有固一意義之可能。〔安納・杰弗遜（Ann Jefferson）〕

6. 「互詩性」的理論：以文字書成的每一首詩都必將建構出牽涉到文本外的、更廣闊的語言網絡，以致作者自身對文本設下的釋義框架，最終亦必無法妥善保障詮釋的獨一性和真確性，其結果是令作者與單一的文本皆無法自足地存在於文學作品的析讀之中。〔哈羅德・布魯姆（Harold Bloom, 1930- ）〕

「開放性閱讀、參與性創作」的誤讀詩學，是在減弱作者的必然性、強大讀者的偶然性上提供建設。作為兩岸好幾地華文地區「誤讀」詩學的推動者，余境熹為廣大的詩友理出了頭緒，像耙子一樣耙梳出大綱，像梳子一樣耙梳出細目。

不同於《截竹為筒作笛吹：截句詩「誤讀」》（秀威，2018）的出版，余境熹特意走到台前，將誤讀加上引號：「誤讀」，誤誤得正，「誤讀」會因此成為詩欣賞、詩批評的正途嗎？——或許這又回到哈羅德・布魯姆最先提出的「影響的焦慮」（《影響的焦慮：一種詩歌理論》），或許，余境熹看出了卡夫對截句的可能影響所產生的焦慮，連帶地形成自己更新的、更多的影響的焦慮，因而嚴肅地建立了《卡夫城堡》，為臺灣發聲、東南亞響應的截句運動，激發出香港人的熱忱。

蕭水順誤讀區：

新詩創作不會配給香港的八達通

新詩創作不會配給臺灣的一卡通

新詩創作不會配給新加坡的ez-link Card

所幸還有「誤讀」可以任人三江四湖五海，輕輕鬆鬆。

4

余境熹在那篇〈《卡夫截句》中〈我〉的「誤讀」〉，留下許多________空白處，可以任由閱讀者填注，在他專主的誤讀區容許一誤再誤，發揮了「誤讀」精神。

原來，卡夫的〈我〉詩只有一行，在臉書上謙虛地向朋友討教，朋友七嘴八舌，各出機杼，互有激盪，最後成就一詩，但，這首詩是誰的〈我〉？因此，余境熹忽然想到新的問題：

「現實中，我真是『我』嗎？抑或我只是大家各據印象、修改而成的『我』？蝴蝶夢裡，不知『我』是誰。」

因此，我忽然想到新的問題：

「『誤讀』後，我真是『我』嗎？抑或我只是大家各據印象、修改而成的『我』？蝴蝶夢裡，不知『我』是誰。」

例如在此書中，余境熹曾經兩度或嚴肅、或輕鬆解讀卡夫的〈痛〉：

〈痛〉／卡夫

點亮一盞燈

眼睛成了驚弓之鳥

槍都上膛了

我不過是想寫一首詩

余境熹「誤讀」一：許多阿茲特克勇士訓練一生，獲得超卓戰技，就是為了以生命「寫一首詩」，在與敵人決鬥時譜出輝煌。可是這次，皮膚白皙的掠奪者總是逃避近身較量，只以「上膛」之「槍」遠距離地進行殺戮，使一身好武藝的阿茲特克英傑無從施展。當城內神廟的「燈」如常「點亮」，阿茲特克人又一次看見西班牙軍「槍都上膛了」；由於無法消除敵人在攻擊範圍上的優勢，城內的臣民徒然變成「驚弓之鳥」，時刻惶恐不安。（〈坐在阿茲特克的廢墟上沉思：卡夫截句、白靈小詩的歷史迴響〉）

另有「誤讀」二至六：余境熹在〈春宵苦短：卡夫之〈痛〉「誤讀」〉文中，以五種不同的社會版情色新聞去渲染，但結語卻引《金瓶梅・序》說：讀《金瓶梅》而「生憐憫心者，菩薩也；生畏懼心者，君子也；生歡喜心者，小人也；生傚法心者，乃禽獸耳」。認為讀這首詩，誰不感覺到悲憫，誰不內心隱隱作「痛」？可以視為第七種教化版解讀。

「誤」差這麼大，歧路這麼多，余境熹從短短四行詩中「幻化」出這麼殊異的情節。那麼，原來卡夫的「我」，的「痛」到底是什麼？

美國詩人佛洛斯特（Robert Frost）說：「一首詩始於喜悅，終於智慧。」「誤讀」一開始確實有著閱讀的喜悅，最終，回歸原作，會不會抓到那個「痛」點呢？會不會有抓到那個「痛」點的智慧呢？

蕭水順誤讀區：

卡夫說「我不過是想寫一首詩」，其前他說「生命不過是一首詩的長度」，所以，他以截句當逗點。

5

蕭水順誤讀區：

一開始就標注這是「誤讀」，表示余境熹心中有一個「正讀」在。

一開始就「裝睡」，因為心中有一個「睡」在。

所以，你在栩栩然的夢裡，還是在蘧蘧然的醒之中？

2019年寫於處暑之後、白露之前

自序

卡夫和我於網上結識，當時是2017年2月。大概因為我經常「誤讀」我們共同朋友劉正偉的詩，卡夫在當年5月寄給我〈香港高樓〉，並附言謂：「這是我到香港旅遊後有感而發寫的一首詩，因為你生活在香港，不知道你是怎麼看？」

怎麼看呢？我故意讀出和卡夫原意相反的東西，他非但不以為忤，更欣然有喜色，摯友劉正偉也來插科打諢，激盪更多詩的餘音，他們兩個「射手座的男子」就這樣鼓勵著我胡鬧下去。

次年，卡夫寄來紙本的《卡夫截句》，請我「準備大刀」來砍。我哪裡會藏有攻擊性武器？那時也沒想到托拉法爾加・D・瓦特爾・羅（トラファルガー・D・ワーテル・ロー），卻自然而然地拿動漫作手術刀，將詩分割又重新合併，沒多久就寫出〈從動漫截出的快樂時光〉，卡夫樂哈哈的，我的胡鬧又受到正向刺激。

鬧著鬧著，朋友提醒「誤讀」卡夫已累積到可以出書。可以出書，那是指篇幅而言；就質量來說，我偏愛〈坐在阿茲特克的廢墟上沉思〉和〈為了被忘記的榮譽〉，但其餘篇章還是有太多胡鬧的成分。沒想到最支持我把書印出來的就是卡夫——那也好，便讓《卡夫城堡》作為文獻，銘誌卡夫之不拘小節，也給我們年齡相差四分一世紀的友情留下見證。

《卡夫城堡》分為四輯，通常一輯裡不應只有一篇文字，胡鬧的我卻不依規矩。輯一「誤讀」〈香港高樓〉，標示我與卡夫以文論交的開端，是進入城堡的吊橋；輯二「誤讀」《卡夫截句》，與輯三「誤讀」《我夢見》共同構成城堡的雙塔；輯四則是較依學術規格寫的文字，借阿茲特克歷史「誤讀」卡夫「截句」和白靈「五行詩」，筆底戰火瀰漫，我卻想那是城堡主人的睡床。

書名《卡夫城堡》當然是轉化自「卡夫卡城堡」，除了胡鬧地想騙讀者錯下訂單外（！），亦由於我在這本書裡多次借用卡氏小說的題目和意象。確實因一時眼花而錯買這本書的朋友，細讀一下，希望其中也有令你愜意的地方。

感謝白靈教授、蕭蕭教授為此書撰序，兩位大前輩指導我讀詩已逾十年，高情厚誼，我是畢生難忘。我曾編過《島嶼因風而無邊界：黃河浪、蕭蕭研究專輯》，日後還想將體系較《卡夫城堡》周延的《應帝王：蕭蕭與南朝》以及《五行裡的世界史：白靈新詩「誤讀」》付梓；又約定了到卡夫再出詩集時，一併刊印對他作品的續論。但願人長久，繼續胡鬧下去。

目次

輯三

輯四

輯一

新詩變形記：
卡夫〈香港高樓〉「誤讀」

新加坡詩人卡夫（杜文賢，1960- ）到特區旅遊後，有感而發，寫下〈香港高樓〉組詩，共含四章，其全文如下：

一　高

向北
方能挺入
越來越擠的天空

鳥也不能飛

風只可仰望
眼睛隱隱作痛

二　直

必須並肩
像一道道閃電

插入
這片正在失血的土地

稍一轉身
北來的風就會攔腰切斷

三　尖

即使萬箭齊放
也刺不穿正在變色的天空
再也看不見陽光

四

………

我弟弟認為，卡夫是用了象徵的手法，含蓄地表達香港與中國大陸的愛恨交纏。首章說，由於香港已是高度發展地區，個人尋求突破的空間「越來越擠」，要想名成利就，唯有化身親建制人士，「向北」俯首，但在接受有關利益的同時，又犧牲了意志的自由，變成「不能飛」的「鳥」，以致難免在「仰望」的無奈裡，感覺到「隱隱作痛」。

第二章，呼籲港人「並肩」齊心，甚至用雷霆萬鈞的「閃電」手段，把對抗大陸影響的思想「插入」社會各處，務求令自由、民主、獨立的精神遍地開花，以之拯救大陸干預下「正在失血」

的香港。只要港人「並肩」，「稍一轉身 ／ 北來的風就會攔腰切斷」，中央政府的影響便將全面瓦解。這一想法，與香港的所謂「武勇派」可能頗有相似之處。

第三章則嘆息：事實上，第二章的武勇概念還是太過流於理想。中央形勢強，即不論軍事，香港的經濟、資源都多所仰賴大陸，縱使港人「萬箭齊放」，同心謀叛，其實也是「刺不穿正在變色的天空」，無力可回天，唯有坐看香港日益大陸化，漸漸退化成中國的一個普通城市，前途暗淡，「再也看不見陽光」。

總合首三章，〈香港高樓〉提倡以剛「直」對抗大陸的「高」壓，可惜現實「尖」銳，到了第四章，詩人只好留下長長的省略號，表示心中的悵惘和一言難盡，同時亦暗示對香港前路的負面看法：「眼見他起高樓，眼見他宴賓客，眼見他樓塌了」，碎成滿地，不堪回首……

以上是我弟弟的「誤讀」，我絕不這樣看。卡夫的〈香港高樓〉，其實是首與新興宗教在港舉動密切相關的詩作，和中央人民政府站在同一陣線，對反黨勢力嚴加斥責。

第一章為組詩序幕：全能神教會又名「東方閃電」，聲稱「國度時代」已經展開，指斥中華人民共和國正受〈啟示錄〉（"Book of Revelation"）所提及的大紅龍支配，故號召信徒起而與之鬥爭，把中共領導人打進撒但（Satan）之地獄。自1995年起，該派被中央人民政府定為邪教，在大陸發展的空間「越來越擠」，於是向包括香港在內的世界各地伸出魔爪，例如在特區「向北」，企圖「挺入」新移民眾多的天水圍、屯門、元朗、葵青、上水等區。

「東方閃電」成員會假裝慕道友，滲透到各區其他宗派教會，再伺機傳播全能神教會的訊息。他們為拉攏教友，無所不用其極，據聞除恐嚇、色誘、偽造神蹟之外，更會對不願入教者、意圖離教者施以囚禁、毆打等暴行，四面張網，一網打盡，務求確保「鳥也不能飛」。卡夫詩第一章的「風」可有三解：（A）指聖靈，象徵香港的基督教會，對「東方閃電」的所作所為感到「隱隱作痛」，卻只能「仰望」上帝打救；（B）指全能神教會內想著脫教飄離的成員，他們因該教嚴厲的控制手段而不敢輕舉妄動，仍然裝作「仰望」教中領袖，心裡卻「隱隱作痛」；（C）指中華人民共和國政府處理香港事務的官員，他們眼看特區同胞慘受全能神教會肆虐之苦，身心皆「隱隱作痛」，但在香港放任宗教的氛圍下，只得繼續「仰望」中央，等待進一步指示。

〈香港高樓〉的第二章模擬魔鬼口吻，寫全能神教會的領導發言：「其他教會的缺口已被打開，像『失血』般流失成員！我們當更加齊心『並肩』，將『一道道閃電／插入』香港的『土地』，發芽、生根、壯大！」其中的「閃電」，自然是與「東方閃電」的名號一語雙關。

第二章最後兩句可作雙重解釋：（A）表面上，「東方閃電」的領袖宣稱在香港來一個華麗「轉身」，仰賴「一國兩制」，不但能「攔腰切斷」北京方面的直接影響，甚至有日培植足夠勢力，可以捲土重來，截斷中共政權的正統；（B）不過事實上，在香港的全能神教會領袖心中非常惶急，意識到自己根本後退無路，若「稍一轉身」縮回大陸，「北來的風」即強大穩健的中央政府「就會攔腰切斷」該教命脈，把其消滅。所謂在香港拓展云云，只是不得不在海外放手一搏的漂亮說詞而已。

到了第三章，視全能神教會為入侵者的卡夫血脈僨張，效法蘇軾（1037-1101）「西北望，射天狼」的壯志，想以「萬箭齊放」驅除香港的「東方閃電」。可是「閃電」過處，陰雲層層積聚，「天空」黯然「變色」，詩人難以逆拒！全能神教會在香港滲透其他宗派，發展勢力，正方興未艾，似乎也還不可攖其鋒。卡夫既自感仍「刺不穿」全能神教會的偽善面目，乃喟然而嘆曰：「再也看不見陽光」！

「陽光」代表甚麼？它是光明的象徵，殆無疑義。它可能指涉以冬至日為聖誕、克勝死亡和黑暗的權勢、以十二使徒為十二道光芒的耶穌基督（Jesus Christ）。如是者，則「再也看不見陽光」正表達出卡夫對香港教會未來的擔憂。但其實，卡夫此語脫胎自李白（701-62）的「總為浮雲能蔽日，長安不見使人愁」，寫的是「總為高樓能蔽日，北京不見使人愁」——中華人民共和國政府直指全能神教會反人類、反社會，卡夫亦立場一致，為「東方閃電」在中國領土香港建起「高樓」、妄想遮天蔽日、冒犯中共中央的反動行徑而非常愁苦。卡夫的心底高喊：「看不見陽光」的日子甚麼時候才過去？天安門上的紅太陽，何年何月，方能照徹香江，「刺穿」陰霾？

〈香港高樓〉的第四章由共有九點的所謂「省略號」組成，用放大鏡一看，赫然竟是九個小字：「中華人民共和國萬歲」。卡夫的目力穿越香港重重「高樓」，直視北京天安門上的標語，對於中央威力在港進一步施展，他是望眼欲穿的。我的看法是這樣[1]。

1　卡夫此詩後來另有截句組詩的版本，第一章：「向北／方能挺入越來越擠的天空／／鳥也不能飛　風只可仰望」；第二章：「必須並肩　像閃電／插入這片正在失血的土地／／稍一轉身／北來的風就會攔腰切斷」；第三章：「萬箭齊放／都刺不穿正在變色的天空／也看不見陽光」；第四章：「…………」。

輯二

從動漫截出的快樂時光：
卡夫截句詩「誤讀」

卡夫寄來《卡夫截句》，加上之前我在《臺灣詩學截句選300首》中看到的，大概可以說：卡夫的截句與日本動漫有所聯繫，兩者可以比附合觀。

舉例來說，可與《海賊王》（*One Piece*）合讀的，包括〈玫瑰〉和〈為了尋找一條在冬天不會冷凍的河〉。先是〈玫瑰〉：

讓我緊抱著
身上就不再有刺
血流完了
心還是比妳紅[1]

這首最初令我想到《海賊王》裡的女殺手Miss雙手指（ミス・ダブルフィンガー），可她卻是「荊棘果實」能力者，不是「玫瑰」，所以同作中拿玫瑰花的卡文迪許（キャベンディッシュ）比較靠譜。卡文迪許像是玫瑰，外表俊美，底下卻有帶「刺」的人格，一睡著，就會變成不分敵我的嗜殺者，唯有妮可・羅賓（ニ

[1] 《卡夫截句》改詩題為〈我的玫瑰〉：「讓我緊緊抱著妳／刺　就不見了／／血流乾了／我的心還是比妳紅」。

コ・ロビン）用果實能力將他「緊抱著」，是唯一在戰場上制住其身體的人。大戰結束，「血流完了」，超愛出風頭的卡文迪許「心」裡一定想：「還是比妳紅」，認為自己比羅賓更出彩吧！

〈為了尋找一條在冬天不會冷凍的河〉則與美艷的「海賊女帝」波雅・漢考克（ボア・ハンコック）有關：

左手的刀
　　　　刺
　　　　　　　右手的掌
　　　　　　　　　　　　喝自己的血……

為了與最強海賊「白鬍子」決戰，海軍本部徵集包括漢考克在內的所有「王下七武海」趕赴戰場。漢考克卻心高氣傲，不願順從海軍，乃至對前來交涉的海軍中將飛鼠（モモンガ）出手，以「迷戀果實」的能力石化其全部下屬。為了抵抗漢考克的能力，飛鼠唯有「左手取刀／刺／右手的掌」，以流血的痛抑止對女帝的動心。當漢考克說飛鼠已成光杆司令時，飛鼠卻堅持著成為「在冬天不會冷凍的河」，未有失去行動能力，保住其部隊不至全軍覆沒。

卡夫不只注視《海賊王》的劇情，也留意與之相關的新聞。〈56歲〉便是寫一位登上報紙的「海賊迷」：

我的一生　翻來覆去
逃不出一張手掌之外

攤開來　千萬條河

我要在哪裡棄舟上岸

2014年6月新聞報導，當時56歲的廣告設計公司老闆鄭國鐘（1958- ）一再收看《海賊王》動畫重播，「翻來覆去／逃不出一張手掌」，還每每看得手舞足蹈。他模仿原作者的「一張手掌」，將鹽埔鄉高朗村小巷民宅的牆壁「攤開」成畫布，繪上了巨幅彩色《海賊王》畫，令動漫中人離海「上岸」，高朗村也迅速走紅。

但跟《海賊王》相比，卡夫寫截句詩似乎更喜與《獵人》（*HUNTER×HUNTER*）連結，例如〈在路上〉：

時間串起所有淚珠

惟詩，方可打結

雖然只短短兩行，但無礙熟悉《獵人》的讀者認出「友克鑫篇」的情節。（A）「時間」：在預言詩裡，「幻影旅團」的十二位團員以月份為代號；（B）「淚珠」：團員窩金（ウボォーギン）被鎖鏈殺手刺穿心臟死亡，團長與其他團員都甚覺悲傷，窩金的好友信長・羽間（ノブナガ＝ハザマ）更是忍不住痛哭落淚；（C）「詩」：團長於是向鎖鏈殺手所屬的黑幫展開反擊，讓團員大肆屠戮，以槍炮、死者的呻吟為窩金的「安魂曲」，為悲傷「打結」。

〈老兵不死〉這樣寫：

…不需問

……不許問

………不該問

活著只能坐在方格子裡　　等

在「嵌合蟻篇」中，主角找尼飛彼多（ネフェルピトー）復仇，沒料到彼多其時正在勞神治療他人，令一心秉持正義的主角內心波動不已。然而，仇不可不報，主角於是制止彼多再多言——「不需問／不許問／不該問」——限她在十分鐘內治好傷患，自己則「坐在方格子」的地磚上「等」——這段時間，亦即彼多仍可「活著」的最後時光。順帶一提，主角是為朋友凱特（カイト）的死而找彼多麻煩的，凱特卻其實擁有類似記憶轉生的能力，對應卡夫標題的「老兵不死」。

當主角威壓彼多時，嵌合蟻王的另一護衛梟亞普夫（シャウアプフ）來到了現場。可是，彼多卻要求普夫別再近前，以免主角出手殺害傷患；普夫不解，猶想另有舉動，主角已命令他閉嘴，不准再前進一步，亦不可後退一步，要普夫就這樣立在原地。卡夫在一行的〈時間坐在時間裡忘記時間〉記道：

不可擅越，一步即成孤獨

是啊，一旦因為普夫而使傷患死去，嵌合蟻王必定怪罪下來，而崇愛蟻王至不能自拔的普夫屆時必「孤獨」欲絕；不說那麼遠，普夫胡亂出手，要面對彼多的制約、主角的反擊，情勢也是「孤獨」的。

嵌合蟻討伐戰結束後，《獵人》的主角終於得見他尋覓多時的父親。尋覓父親本是冒險故事，也是動漫作品的老套，而《獵人》

罕有地讓主角子父在情節發展的中段相認，讓主角拾回從未親歷過的親情，場面頗為感人。難怪卡夫讀時也熱淚縱橫，〈後來〉說：

爸！　爸！

窗外的風雨　應聲離去
我放下筆，淚流成行

大戰的「風雨」到此時煙消雲散，獵人協會會長和蟻王、彼多等重要角色之死固然震撼，但卡夫只記住主角父子碰頭的一幕幕，感動得筆也放下，只顧流淚。是啊，卡夫詩人，也是個爸爸。

卡夫的截句詩除扣合《海賊王》和《獵人》外，亦與其他動漫作品存著關聯，如〈瞄〉即可與《Code Geass 反叛的魯路修》（『コードギアス反逆のルルーシュ』）合讀：

右眼是一顆子彈
上膛了

一個一個一個一個
倒地了

男主角魯路修・Vi・不列顛尼亞（ルルーシュ・ヴィ・ブリタニア）與C.C.（シー・ツー）訂立契約，得到了GEASS的力量，只要直視對方眼睛，就能下達對方必須絕對遵從的命令。魯路修第一次使用該能力，便是吩咐威脅自己的軍人舉槍自盡，讓他們在「子

彈」的打擊下，「一個一個一個一個／倒地了」。不過，魯路修最初用的其實是「左眼」，到後來才一併開啟了「右眼」的能力。

卡夫的〈仙人掌〉則是與我很喜歡的《隱之王》（『隠の王』）扣連甚緊：

如排列的墓碑　注定蒼涼

不死是天生的悲哀
堅強是硬撐的謊言

你是世上最後的誓言

這四行其實都可統合在漫畫版六条壬晴（ろくじょう みはる）與宵風（よいて）的故事裡，但仔細看，每行各有可對應的動畫細節：（A）清水家因內鬥而近乎全滅，成排「墓碑」，最後加入因反叛「灰狼眾」而死的清水雷光（しみず らいこう），再無男性遺留，注定「蒼涼」；（B）相澤虹一（あいざわ こういち）和黑岡野詩縞（くろおかの しじま）被祕術「森羅萬象」奪去了「死」，因而自江戶時期存活至今，最大願望是結束「不死」的「悲哀」；（C）老師封印了十年前「森羅萬象」爭奪戰的記憶，不告訴壬晴任何細節，只一味吩咐後者不可發動「森羅萬象」，令無端陷入各方爭逐、為殺戮所驚嚇的壬晴直接表示「堅強是硬撐的謊言」，無法再接受老師的規劃；（D）壬晴和老師愈走愈遠，更由於他與宵風互訂「誓言」——趕在宵風死去之前，壬晴要能夠使用「森羅萬象」，以抹消宵風存在的痕跡。動畫中人追逐「森羅萬象」，卡夫選取的情節也星羅棋布。

《卡夫截句》的「輯三」收有兩首組詩——〈髮的紀事〉及〈香港高樓〉。〈香港高樓〉我已「誤讀」過了，這裡補充我對〈髮的紀事〉的看法。愚以為，〈髮的紀事〉應該取材自卡夫尤其重視的《獵人》。第一章「髮的印象」謂：

纏住那等待釋放的眼睛
風裡　把我
盪來
　　盪去

詩人所描摹的，是一位名叫龐姆・西貝利亞（パーム＝シベリア）的角色。她一頭凌亂的長髮「纏住」整張臉，瘦削身形彷彿在風裡「盪來／盪去」，形象恐怖，看見的人難免感到害怕。她的特別能力是「寂寞深海魚」，發動時額上會多了隻「等待釋放的眼睛」，通過它，即可隨時觀察目標對象。

組詩第二章「髮之戀」謂：

路　越走越蕩漾
站著　也很淫蕩
妳不在乎
任我香氣中消散

龐姆一度與《獵人》主角小傑・富力士（ゴン＝フリークス）談戀愛，及後又恨起小傑，要將他抹殺。當她帶著利器「蕩漾」著

跑去找小傑時，不意在路上遇到師父諾布（ノヴ），並陶醉在後者的英俊、優雅中，心潮起伏，以致連「站著　也很淫蕩」。這時小傑真可以鬆一口氣：「妳不在乎／任我香氣中消散」。要是龐姆纏擾小傑，小傑即使不死，也逃不開龐姆散發的噁心怨氣。

最後是其三「像我這樣迷戀長髮的一個男子」：

整個下午都在髮裡流浪
等待風起
捲我　上岸

讓讀者驚奇的是，龐姆只要稍加打扮，便是一位美女，甚教男子「迷戀」。在嵌合蟻討伐戰中，漂亮的龐姆遭蟻王軍俘虜，並經改造，開始了在敵對陣營的「流浪」。其間，龐姆開發了新的技能，當念力發動，便會「風起」，令頭髮「捲」束著全身，形成防衛戰甲；而由於有了戰甲保護，龐姆可放心蓄力出拳，由錯誤開發能力的泥沼重新「上岸」，轉為使用天賦極高的強化系戰技。

綜觀這三章，可見整首〈髮的紀事〉都是繞著以「髮」為特徵的龐姆來寫，卡夫對《獵人》的愛，真是「截」也「截」不斷。而動漫，也貫穿在卡夫的截句詩中。

我曾問卡夫，卡夫說他會陪孩子看動畫漫畫，他自己也愛看——有這位爸爸，孩子真是快樂又幸福。反過來想，未來孩子仍會常跟自己介紹新的動漫，卡夫的創作靈感不虞匱乏，也是既幸福，又快樂吧！

這篇小文，送給王群越（1998-）。

＿＿＿＿＿＿＿＿＿＿＿＿＿＿：《卡夫截句》中〈我〉的「誤讀」

這篇是「誤讀」。這篇是……不重複三次了。

卡夫《卡夫截句》詳細記錄了詩友對〈我〉的點評與修改，其原作僅一行，為：

躺下是一座孤島

劉正偉（1967- ）評論說：「寫得好，寫每個人都有的孤寂感。或徹夜難眠失眠的苦……孤島，也是新加坡，所以隱喻又多了一層。」發掘出詩的數種可能，目光不可謂不銳利。我弟弟的小補充：詩寫的是＿＿＿＿＿＿＿＿＿＿＿＿＿＿（請填上要好朋友的名字）很胖，一躺下來，肚子鼓鼓，就像一座島，雙腳不用說自然是完全看不見的，於是便有了「孤」的感覺。

蕭蕭（蕭水順，1947- ）則調侃：「站著呢？」於是卡夫做了第一番修改：

躺下是一座孤島
站起來是一片海

我的理解：＿＿＿＿＿＿＿＿＿＿（請填上男神的名字）從前很低調，「躺」在深閨人不識，猶如「一座孤島」；後來一冒起，好多人都為他墜入情海，遍地濕。就像《神鵰俠侶》的楊過，離開古墓以前是「孤島」，之後呢？一見楊過誤終身，贏得芳心無數。

蕭蕭認為上述修改中，「孤島與海，意象太近」，於是提議修改成：

躺下是一座孤島
站起來，天風從我脅下竄出

以天風只能竄過脅下，側面寫出「我」站起來之高，與李白「黃鶴之飛尚不得過」、杜甫（712-70）「蕩胸生層雲」等頗相呼應，就自然景觀論，是極有氣勢的。

我的弟弟卻認為，蕭蕭其實是不滿卡夫筆下的「我」由胖子忽然翻身變俊男。他說，〈我〉是首喻人之作，蕭蕭的真意是：＿＿＿＿＿＿＿＿＿＿（請填上要好朋友的名字，可以跟剛才的一樣）不僅躺下來肚子漲圓，站起時，抬著手，脅下更有狐臭「竄出」；趙秉文（1159-1232）曾謂「天風吹衣毛骨冷」，那男生的狐臭也是叫人毛骨悚然的。

我不同意。蕭蕭連出版的詩集也叫《天風落款的地方》，這麼喜歡，不可能用「天風」作貶義的。引用周燕婷（1962- ）的詩，我說：「『偶得天風顧，常思魚水親。』蕭蕭應是順接卡夫的修改，強調＿＿＿＿＿＿＿＿＿＿（請填上男神的名字）一站起，女生們的情海就洶湧，甚至有人大膽奔放，已經想到和他魚水相親。女生的高度適好到男神『脅下』，真是最佳最萌身高差。」

按照蕭蕭的意見，卡夫最後定稿：

躺下來是一座孤島

站起來
一群飛鳥掠過耳畔

從「蕩胸生天風」，轉變為「決眦入歸鳥」，既避免了「島」和「海」意象相近的問題，又延續著蕭蕭化用古人名句的巧思，難怪蕭蕭非常滿意，讚道：「我點了，你化了。」靈歌（林智敏，1951- ）對定稿的〈我〉亦甚喜愛，但仍覺不足，於是建議釋出更多氣勢，修改為：

躺下來是一座孤島

站起來
漫天飛鳥驚弓四射

這次我的意見甚為卑下：＿＿＿＿＿＿＿＿＿＿（請填上男神的名字）不只吸引女性，連同性都忍不住。卡夫的定稿，「鳥」代表男生，他們流言「飛」語，掠過「我」的耳畔，這是「按捺不住」的嫉妒；靈歌的修改，男神站起，「驚」為天人，那些鳥男生撸得「弓」起腰「四射」，這是「把持不住」的戀慕……

倒是我弟見解甚妙：「從原作到定稿，再到靈歌的建議，這中間有著層遞的關係。最初『我』是死胖子，可能還有狐臭，注定又孤又潦倒；然後『我』是帥哥，獨領風騷，一站起，女生就嗨了，浮了浪了；接下來，『我』甚至讓同性又恨又愛，說不上左右逢源，但絕對男女通殺；最後，『臣之所好者道也，進乎技矣』，靈歌的『我』更達到了『道』的境界。

「『漫天飛鳥驚弓四射』，典出自日人中島敦（NAKAJIMA Atsushi, 1909-42）的〈名人傳〉（「めいじんでん」）。〈名人傳〉參用《列子》『紀昌學射』和《莊子》『列禦寇為伯昏無人射』等情節，創作了紀昌向甘蠅老人學射九年的故事。當紀昌學成下山，回到邯鄲，群眾都期望他露一手本領。紀昌卻說：『至為不為，至言不言，至射不射。』連弓箭都不碰一下。可是，紀昌的射道凝聚成神，不時會在屋頂顯現，引弓發箭，以致聰明的鳥兒都不敢從紀昌家上空飛過。

「中島敦的改編十分有名，蔡志忠（1948- ）《御風而行的哲思——列子說》曾加以襲用，中日也合拍過動畫《不射之射》。靈歌用此典故，表明『我』的帥，不是僅僅通過男生、女生反應就能描摹得出。『我』已經帥得進於道境，以神遇而不以目視，有大美而不言。」

我說：「按靈歌的修改，『我』躺得真好。如果不是站起來，看見『漫天飛鳥驚弓四射』，『我』還以為自己是『孤島』——這便是《莊子》說的：『美而不自知，吾以美之更甚』啊！」

蕭蕭在為「臺灣詩學25週年截句詩系」寫總序時，提出了「和弦共振」的觀念。靈歌說卡夫的〈我〉「曲折迴轉，歷經多位醫師會診，各自動以大刀整容」，其實正揭示出截句詩創作的對話——或說「和弦共振」的可能。「誤讀」卡夫、蕭蕭、靈歌分裂的〈我〉，就又在弦上多撥兩撥，振一振，手都濕了。

忽然想到新的問題：現實中，我真是「我」嗎？抑或我只是大家各據印象、修改而成的「我」？蝴蝶夢裡，不知「我」是誰[1]。

[1] 我「誤讀」〈香港高樓〉時，題目是「新詩變形記」，取自法蘭茲・卡夫卡（Franz Kafka, 1883-1924）的〈變形記〉（"The Metamorphosis"）。這一篇，可以叫作：（A）鄉村醫生（靈歌說〈我〉經過多方名醫師會診，我是遲來者，不很正規，叫「鄉村醫生」正好）；（B）萬里長城建造時（包括我在內，各人為〈我〉添磚加瓦，截句詩、其修改與解讀變成橫跨數頁的長城，且可繼續擴展）；（C）與醉漢的對話（「誤讀」誤說，瘋言瘋語）；（D）失蹤者（「我」的所指最終不能統一）；（E）審判（與卡夫此詩的作者意圖——寫被妻子怪責的經歷吻合）；（F）在流刑地（與卡夫被太太罰躺沙發一樣）。以上六個篇名，都是卡夫卡作品的中譯名。我無法選擇，只好空著。當然，更歡迎讀者自行填補其他合意的篇名。

春宵苦短：
卡夫之〈痛〉「誤讀」

卡夫的截句詩〈痛〉截自同名原詩，原詩沒有「驚弓之鳥」的文字。「驚弓之鳥」的典故以戰國時期魏國神射手「更羸」為主角，「羸」可引申出「羸弱」之意，而卡夫截句後的〈痛〉也往往與肉體某部分變得疲弱不振有關。截句詩〈痛〉謂：

點亮一盞燈

眼睛成了驚弓之鳥
槍都上膛了

我不過是想寫一首詩

這是一種到夜店玩，喝到醉醺醺，把剛認識的女性載回家，正要一宵纏綿的經驗。夜店燈光不足，醉中雙眼迷濛，那位女性總是很吸引的。及至到了床上，男士把床頭燈「點亮」，近距離細緻觀察女伴的面容時，淦，怎麼這樣醜！登時「眼睛成了驚弓之鳥」，悔當初不把這女的就丟街上。唉，「槍都上膛了」，藥都吃了，要繼續，還是不繼續？這是個問題。追求刺激的男子自念，他「不過是想寫一首詩」，在夜店尋到對象，譜出浪漫的情緣啊！但現在，只有「痛」，那話兒早沒精打采[1]！

〈痛〉的一個修改版本：

不過是想寫一首詩
我點亮一盞燈

眼裡有驚弓之鳥
槍都上膛了

這是一種網上交友，約去飯店尋開心的經驗。小鮮肉以為交友程式可以釣到帥哥，二人可以「寫一首」美滿甜蜜的「詩」。豈料「點亮一盞燈」照照，淦，那個戴眼鏡的男人有小肚子、肌肉都鬆垮垮的，絕對不是我的菜！他「眼裡有驚弓之鳥」，嚇壞了，嚇軟了；之前那男人寄出的照片都是「照騙」，恨恨的，狠狠的，小鮮肉有了殺意，「槍都上膛了」。這是要流血的「痛」。

另一解讀版本亦大同小異：小鮮肉對約來的男人不大滿意，「想寫一首詩」的願望落空，於是趁男人洗澡時，在床頭「點亮一盞燈」照明，繼續用手機找尋下一個對象。小鮮肉的「鳥」本來因見了小肚子男人而「驚」得「弓」起來，但這刻他又在網上的俊臉間重燃希望，「槍都上膛了」——待會，就想著其他帥哥的肉體，來跟小肚子男逢場作戲吧。這是需要忍忍「痛」。

略作補充，劉正偉的建議修改為：「槍都上膛了／眼裡有驚弓

[1] 如果「我」還能寫詩，大概內容就豁達一點，看開一點，像是麥浚龍（麥允然，1984- ）的〈濛〉、陳奕迅（1974- ）的〈怪人〉等。

之鳥／／不過是想寫一首詩／我點亮一盞燈」，意思是小鮮肉初時興致勃勃，及後覺得眼睛見鬼，於是想再找別個帥的，點起燈，就用交友程式搜尋。這版本「截」走了小鮮肉仍得面對小肚子男的餘音，但亦有另外的想像空間。

最後回到卡夫〈痛〉的原詩，共七行，仍屬短製，內容卻與截句版「截」然不同，顯示出截句不僅僅是原作的縮短，更可能是原作的轉化創新。原詩〈痛〉的全文如下：

不過點亮一盞燈

眼睛受驚
嘴巴譁然
所有槍舉起

我感到痛
要有一聲叫喊

這是找不到門窗的房間

原詩的主角是女性，被騙到飯店房間，誰不知「點亮一盞燈」看看，房間裡男子很多，「所有槍都舉起」，令她「眼睛受驚／嘴巴譁然」，嚇得花容失色。眾男二話不說，強行性交，女子於是「感到痛」，口卻被堵住，「要有一聲叫喊」也不能了。此時此刻，她彷彿困於「找不到門窗的房間」，無法遁逃，命運慘淒。TVB以前有某古裝劇，惡人得勢後找來許多有皮膚病的乞丐到妓院糟蹋女性；港產片《愛在娛樂圈的日子》也有女星到汶萊賣淫，孰不知對方叫來眾多好友同床的情節。人心，確然可怕極了。

卡夫當然不是渲染色情——讀這首詩，誰不感覺到悲憫，誰不內心隱隱作「痛」？〈金瓶梅序〉有言，讀《金瓶梅》而「生憐憫心者，菩薩也；生畏懼心者，君子也；生歡喜心者，小人也；生傚法心者，乃禽獸耳」。

鐘擺在兄與弟的間隙：卡夫〈隙〉、〈鐘〉「誤讀」

港產片《大丈夫》在我心中留下不能磨滅的印象，特別是梁家輝（1958- ）飾演的九叔，更是令人拜服。詩人卡夫也喜歡《大丈夫》，他的截句詩〈隙〉寫的便是九叔，全文謂：

日子瘦成風也無處轉身
出走的右耳留下左耳
想像遠方有光

即使針　也穿不過天地的缺口

九叔與好友阿天、阿祥、楊能等人到舞廳狂歡，沉浸於醇酒美女之間，不料眾人妻子突然殺到，九叔因碰巧要上廁所，在走廊已被妻子看見，自知無路可逃，於是頂著房門，急催阿天等人從後門離開，選擇獨自斷後，想要保住一眾兄弟。朋友阿天義氣過人，不願留下九叔，九叔卻大喊：「我被發現了，走也沒用！」即使「日子瘦成風」，已被妻子逮個正著的他「也無處轉身」，在劫難逃，不如犧牲自己，為兄弟爭取時間吧。最終，阿天亦唯有落荒而逃，像「出走的右耳」（阿天全名「郭天佑」）無奈地「留下左耳」同伴，而落網的九叔則被惡妻軟禁於別墅大宅，過起不見天日的淒慘生活。妻子其後對九叔再三逼供，但精神萎靡的九叔一旦「想像遠方有光」，想到眾兄弟仍有機會在外花天酒地，想到杜老誌夜總會的金粉鉛華，他總能出神地陶醉其中，得到繼續對抗妻子的力量。只不過，現實還是：「即使針　也穿不過天地的缺口」，妻子的管束極嚴，九叔儘管消瘦成針，亦沒法越出家門半步。此恨綿綿，借用白先勇（1937- ）〈樹猶如此〉的話，正是：「抬望眼，總看見園中西隅，剩下的那兩棵義大利柏樹中間，露出一塊楞楞的空白來，缺口當中，映著湛湛青空，悠悠白雲，那是一道女媧煉石也無法彌補的天裂。」

九叔成擒後，阿天沒有忘記這位兄弟，曾與阿祥、徐嬌、波仔等一同前去探望九叔。我初讀卡夫一題三則的〈鐘〉時，由於受動漫經驗影響，以為那是複寫《海賊王》主角逃出深海大監獄之作；到腦海開始重溫《大丈夫》的片段，我便立即發現，〈鐘〉三篇均與阿天、九叔見面有關。先引〈鐘〉的文字如下：

01

獄卒來回走動
計算著釋放我的時間

02

獄卒來回走動
尋找著自己的空間

03

獄卒來回走動

計算著我們之間還有的距離

兄弟們見面的情境頗為奇怪——九叔由一名菲律賓男傭監視進場，阿天欲對九叔行吻手禮，立即遭男傭喝止，如〈鐘〉第三首所示，這名「獄卒」確實時刻「計算」探訪者與九叔「之間還有的距離」。阿祥掏出大鈔，示意男傭收下離開，但男傭放任眼睛四處「走動」，就不注視紙幣，到徐嬌直接說出有錢，男傭仍無動於中，要徐嬌改口說有垃圾在地上，男傭才拾錢退場。這位狡猾的「獄卒」，一開始便「尋找著」能夠圖利又免受女主人責難的「空間」，當條件達成，他就「來回走動」，讓出「空間」，給九叔獨自與阿天等人相處的時間。不過，這時間不會久，男傭臨走，就以「獄卒」的口吻說：「15 minutes, okay?」僅僅給阿天他們十五分鐘自由——如〈鐘〉第一首所示，他緊緊「計算著釋放」九叔的「時間」。

補充一下：《大丈夫》的男傭只給九叔他們「十五分鐘」，而阿天為了讓九叔放心，曾說：「外面的事，我們會做的。每個月，我都用你的名義，買麗池十四組的小紅一個全鐘。」[1]一番話令九叔感激涕零。同樣是「鐘」，男傭的刻薄寡恩，阿天的情深義重。卡夫以「鐘」為題，背後有著層次豐富的意涵[2]。

---

1 意思應該是付錢把舞小姐小紅帶離場過夜，有代九叔照顧小紅的深義。

2 請去買《卡夫截句》，〈鐘〉後附有蕭蕭精湛的「正讀」，是不得不推薦的極佳分析。

「詩人節截句徵選」的第三回合是「電影截句」，卡夫則早在活動開始之前，就交出與電影《大丈夫》密切相關的〈隙〉、〈鐘〉等篇，與白靈（莊祖煌，1951- ）〈九份雨〉等同作先鋒，先聲奪人[3]。鐘擺不絕，愛與死之間，從無間隙。

---

[3] 如果想慢下腳步，繼續沉思卡夫詩中的動漫元素，也無不可。〈鐘〉與《海賊王》的深海大監獄關係如何，可交讀者自行聯想；至於〈隙〉，由於我寫到「九叔」和「阿天」，我想起《Idolish7》（『アイドリッシュセブン』）的重要角色九條天（くじょう てん）。九條天因「想像遠方有光」而離棄家人，像「出走的右耳留下左耳」般，把異卵雙胞胎的弟弟撇下，轉進九條家，接受培訓，成為藝能界精英。多年來，他與弟弟都存著間隙，有著「即使針　也穿不過天地的缺口」。

吻吻吻吻吻太過動魄驚心：卡夫的〈吻〉「誤讀」

卡夫〈吻〉的原詩為：

嘴在嘴裡
舌在狂燒
唇在越來越小的床上
翻來覆去
一分鐘比一世紀長

今夜開始
無處可逃

首四行的合理解釋是情人們試著法式深吻，舌頭伸進對方嘴巴，慾情狂燒，興動之後，就在床上翻雨覆雲，由於埋身肉搏，貼得緊緊，所佔用的睡床位置似乎越縮越小。至於「一分鐘比一世紀長」，則存著許多詮釋可能：（A）春宵一刻值千金，因此情人們都好好享受每分鐘，深陷其中，細緻感受，令時光彷彿變慢，今夜起「無處可逃」，彼此都沉溺於肉體纏結的快意之中，上了癮不能割捨，甚至要攜手走進婚姻的墳墓。（B）男方初經人事，一分鐘內嘗試多次，依然無法插進女體，尷尬極了，而女方亦開始不耐煩，附加壓力的眼神令男子更加抬不起頭。（C）男子戰鬥力驚人……地弱，進去才「一分鐘」就洩精了，在女方不滿意的眼神中，他感到「一分鐘比一世紀長」，羞愧而無地自容。上述（B）、（C）兩解配合「今夜開始／無處可逃」，都可指女方把男的囧事傳揚開去，男子「逃」到哪兒，都被朋友笑話。一笑傾城，一吻，傾掉名聲。

化原詩為截句，卡夫最初的修改是：

嘴在嘴裡
舌在狂燒
唇在越來越小的床上
一分鐘比一世紀長

抽出原文四行，意思卻大不相同。「嘴在嘴裡」指深吻，而深吻可引致疾病，如使人發燒、疲軟的「接吻病」，便令人「舌在狂燒」，無力「翻來覆去」（所以被截去）；幽門螺旋桿菌在深吻時經口水進入體內，可致胃潰瘍，教人痛得縮成一團，躺在「床」的一角，令病榻猶如縮窄，「越來越小」；嘴唇有破損而接吻，亦可能使唇上生皰疹，皰疹腫大，唇也顯大，另外接吻病會有淋巴結腫大徵狀，此長彼消，某程度上也可說「床」因而顯得「小」。在病中的人，自然苦痛難耐，覺得「一分鐘比一世紀長」了。卡夫化身醫生，借〈吻〉來寫病理。

「修改二」的版本則為：

舌在嘴裡狂燒
唇在越來越小的床上
翻來覆去

今夜開始無處可逃

我能想像這是位宗教信徒，瞞著牧師，偷偷和情人法式深吻，以致慾火中燒。心理學說男性有時會想整個人化成一根陽具，卡夫筆下的純情信徒雖還不至如此，但吻過之後，這小男生也希望化為一張「唇」，再與愛人親密接觸。他在床上「翻來覆去」，輾轉反側，「越來越小」乃指宗教約束的力量減弱，或換句話說，指他對神明的信心變小。卡夫於是在第二節模擬魔鬼使者的聲音宣布：「今夜開始無處可逃」，這小信徒的靈魂是賣給魔鬼，墮落了，無法「逃」離地獄之火。詩人寧靜海說此版本「最後一句反而可以不要」，白靈亦贊同，期望卡夫留下更多空白，這都是深富藝術洞察力的見解。可是，宗教文本要求斬釘截鐵的宣判，令信徒閱讀後戒慎畏懼——卡夫的寫法，實在另有其考慮。

卡夫的修改版本三謂：

舌在嘴裡狂燒
夜　床上翻來覆去
無處可逃

這次「無處可逃」的主語變為「夜」，意思是男女在夜店吻過之後，今「夜」的主題就已定下了：是要在「床上翻來覆去」，誰都不能跑題，誰都不能藉口離開。著名歌手羅文（譚百先，1944-2002）在〈激光中（94YEAH版）〉裡曾唱過：「此一刻妳屬於我　妳再也沒法躲　YEAH　將今晚今晚交給我　我要為妳唱盡我歌　施展我一身解數　在那激光中穿梭　我用千支歌將妳來鎖」，同樣是說「夜」要「翻來覆去／無處可逃」，只不過場地沒有標示在「床上」而已。〈激光中〉還有一句歌詞「衝擊妳使我心火燙」，事實上也對應卡夫的「舌在嘴裡狂燒」。按：卡夫祖籍廣東，曾對香港很有親切感，他不但看港產片如《大丈夫》，也對粵語流行曲「一代歌聖」羅文有所認識。

最終截句詩〈吻〉的定本為：

舌在嘴裡狂飆
唇在越來越小的床上
翻滾

夜　無處可逃

這次由羅文下移一代，變成「香港視帝」羅嘉良（羅浩良，1962-）。羅嘉良曾主唱劇集《天地豪情》的主題曲〈說天說地說空虛〉，歌詞提到一對夫婦雖則同睡一床，其實互訂界線，以致「床上一邊冷一邊暖」，「在狹小屋中的世界　各有彼此疆界　每進寸步也像懸崖」，這自然使人覺得「床上」的空間「越來越小」。卡夫刻意抹掉此前數個版本動作上的「翻來覆去」，改用內心煎熬的「翻滾」，更能對應互不越界的冷淡夫妻。

不過，〈說天說地說空虛〉中，夫妻已經冷靜分手，卡夫的詩則略有閃前，追敘二人互存仇恨之時，「舌在嘴裡狂飆」、「唇在……翻滾」，非常想罵對方，只是沒說出口；明明討厭著，「夜」裡又「無處可逃」地睡在一起。這種新編後的矛盾，著實頗為激烈，帶出了和〈說天說地說空虛〉絕不相同的感覺。如果〈吻〉的截句「版本三」是複寫羅文，〈吻〉的定本就是改寫羅嘉良，有較明顯的所謂「影響焦慮」[1]。

還想繼續聽歌？陳曉東（陳卓揚，1975- ）有首〈吻下去愛上你〉。他唸對白、文恩澄（文婉澄，1984- ）主唱的〈同床異枕（劇場版）〉可能較少人知，卻也是說「吻」，以及一張床「越來越小」的故事。

---

[1] 其實卡夫不用「翻來覆去」而轉用「翻滾」，亦因如果不改，他的截句詩定本將與白靈的建議修改版一模一樣。對白靈的「影響焦慮」，令卡夫更有效地借用〈說天說地說空虛〉，並添上新意。

邦國已淪覆，餘生誓不留：
卡夫〈餘生〉與秦滅古蜀國史

卡夫寫了一首〈餘生〉：

妳的哭喚鑿開一條隧道
千繞百轉　風也逃不掉
我一路爬行

如果明天還在

首句標示為「妳」，當是英雄難過之美人關。男兒單身過活，本來赤條條來去無牽掛；一旦成婚，妻子一哭二鬧，男人想不困身也難。伊藤潤二（ITO Junji, 1963- ）有篇漫畫〈隧道奇譚〉（「トンネル奇譚」），隧道誘引人進入其中，把人吞噬；類似的是〈阿彌殼斷層之怪〉（「阿彌殻断層の怪」），人們被與自己形體相同的山洞吸引，愈往裡走，身體愈「千繞百轉」地扭曲，情狀悲慘恐怖。不羈男士常獲形容為「風」一樣的男子[1]，但當墜入女人的「隧道」後，「風也逃不掉」，如同伊藤潤二的恐怖描述一樣。哀哉！

1　對卡夫寫詩影響頗大的劉正偉，便曾經寫過新詩絕句〈風〉：「風，像一個酒醉的男子／常常冒冒失失／莽莽撞撞沒有方向感／一如，年輕時的我」。

為了照顧妻子，男子就有擺脫不了的工作責任。在職場上，明明想撒手不管，但想想房貸尚待付清、妻子沒有工作、小孩還未長大，中年的「我」就又要繼續在沉悶的辦公室裡仰人鼻息，賴活下去。男人少年時如猴，中年則活得像狗，或不如狗，所以詩裡寫道：「我一路爬行」。他將「一路爬行」下去，直到在婚姻、工作、家庭的壓力下熬不住了，突然崩潰。男子說：「如果明天還在」，事實上他都不知還有沒有「明天」，心理生理的健康管理，早早出現問題。

對〈餘生〉作出如上詮釋，其來有自。卡夫的不少截句詩都涉及中、老年危機。例如〈這樣就過了一天〉：「剛過下午／夜就來敲門／開不開門　無處可逃／反正我是向晚的黃昏」，首兩行類似辛牧（楊志中，1943- ）的〈旋轉木馬〉：「怎麼才盹了一下／彷彿已是幾生幾世了」，而「向晚的黃昏」更屬漢語文學「日暮途遠」、「只是近黃昏」式嘆老傳統的延續。

又如〈三生〉：「一端是前生　一端是來世／今生已是白髮／和時間玩蹺蹺板」。豐子愷（豐潤，1898-1975）嘗言：「時間則全然無從把握，不可挽留，只有過去與未來在渺茫之中不絕地相追逐而已。」時光在人身上留下印記，最顯著的便是「白髮」，如〈這樣就過了一天〉所云，確是「無處可逃」，不管「開不開門」——迎戰或堅守——終於都會像鍾鼎文（鍾國藩，1914-2012）所寫：「我的髮將成為白色的降幡，／迎接無敵的強者之征服。」

卡夫的〈合十〉也在嘆老：「所有能流的淚／眼睛都說過了／／我　合十 ／ 合不上一路走來的黑」。盧國沾（1949- ）填詞的〈人在旅途灑淚時〉謂：「淚已流　正為你重情義　淚乾了　在懷念往事」，卡夫把淚說盡，可知往事堆堆疊疊無重數，有許多舊日，不認老也不行了。為甚麼說「合不上一路走來的黑」？因為據盧國沾詞，之前的世途是「多麼險阻」，之後的路是「要退後　也恨遲」，中、老年人不再像小伙子那樣能夠輕易重新開始。

然而憑此便說〈餘生〉也是首中老年哀歌，亦未免皮相。誤讀是不好的，應當知人論世，詮解方才有力。按卡夫妻子為四川人，其長公子於四川出生，三歲才到新加坡，會說四川話，卡夫因此對四川之事格外留神。

秦惠文王（嬴駟，前356-前311）欲吞併位於四川的古蜀國，但受龍門山脈與秦嶺天塹的阻限，開鑿道路難於登天。秦惠文王於是先以「石牛糞金」之計——謊稱石牛能夠拉出金子——誘騙蜀王派五丁力士前來牽牛，由此打通了連接秦蜀的金牛道。接下來，秦惠文王再將五名絕色美女送給蜀王，蜀王就又差遣五丁力士去接美人。不料，在回程之時，五丁力士遇上巨蛇，五人合力把鑽進山洞的大蛇拉出，卻忽然地動山搖，地崩山摧，五名力士和五個美女都被壓死在倒塌的山下——山崩之處化為五座峰巒，蜀王名之曰「五婦山」，眾人則以之為「五丁山」。秦惠文王見蜀道已通，加上古蜀國勇悍的力士全數犧牲，再無忌憚，立即派軍侵略西南，蜀王無力抵擋，其國遂亡。

卡夫的〈餘生〉捕捉這一歷史片段，寫心繫艷女的蜀王在敗軍之際，埋怨入蜀美人臨死前「哭喚鑿開一條隧道」，令秦軍能夠穿過「千繞百轉」的地形，包圍成都，令「風」般輕薄的自己「也逃不掉」。他向秦軍乞降，「一路爬行」，盼望秦惠文王能開恩饒命，「如果明天還在」，即使「餘生」永遠要保持「爬行」姿勢，他也在所不辭。可說實在的，這名蜀王心裡全然沒底，不知道是否還有「明天」。

那麼，蜀王的下場如何？翻開史書，《華陽國志・蜀志》記云：「王遯走至武陽，為秦軍所害。」《戰國策・秦策》則載：「蜀主更號為侯」，未被處死，只是被降封爵位而已。由於文獻存著矛盾，蜀主是否有其「餘生」，今天似乎已經不易辨清。卡夫的詩也就留下開放式結尾，不把話說盡。

回過頭來，〈這樣就過了一天〉、〈三生〉、〈合十〉等三首都可與古蜀國之亡建起聯繫。〈這樣就過了一天〉的「剛過下午／夜就來敲門」，說的是秦軍伐蜀侵略如火，行動迅捷，猛叩成都的大門，以致蜀主深嘆自己「是向晚的黃昏」，日薄西山，窮途末路，「開不開門」，迎敵或棄城，他都「無處可逃」，注定失敗。成為秦國俘虜後，如〈合十〉所述，蜀主「所有能流的淚／眼睛都說過了」，終日以淚洗面，在前赴武陽的綿綿路上頻頻「合十」，卻「合不上一路走來的黑」，難逃厄運。又或者，採《戰國策》的版本，蜀主僥倖獲赦，但自此活在秦人監視之下——離蜀之日，他顧瞻成都這「一端」，乃是「前生」，眺望咸陽那「一端」，將是「來世」。變故斯須，誰能自持？奄忽「白髮」，徒嘆奈何。剩下的日子，便是「和時間玩蹺蹺板」，百無聊賴，難以再有作為了。

「邦國已淪覆，餘生誓不留。」這兩句出自一首講冥婚的詩，不想詳查的話，再去讀讀伊藤潤二也好。

書頁中的蘇聯與日本史：
讀卡夫〈求知〉、〈信念〉

卡夫自述四十年前參加端蒙辯論隊的經驗，謂從中學開始就被訓練成第四辯總結陳詞；進入大學和教育學院後，他也一直參加辯論比賽，後來更指導學生參賽和主辦全國中學辯論會。他說：「『辯』影響了我的思維方式，我也曾經好辯、善辯。不過，經過歲月的洗禮後，現在才明白『不辯』才是人生最高的境界。」他的這番體悟，在其截句詩中一樣獲得展現。

卡夫的〈求知〉云：

翻開書頁
一隻鳥飛了起來
越飛　越高　越遠

一條蛇向天空伸了個懶腰

《史記‧陳涉世家》謂：「燕雀安知鴻鵠之志」，好像「越飛　越高　越遠」的鴻鵠就是棒，低飛飄過的燕雀就是不濟；如果是伏地而爬的蛇，那就更不用說了，肯定要被鄙視。卡夫卻發揮道家「不爭」的精神，寫鳥飛任牠飛，蛇則奉行《老子》「夫唯不爭，故天下莫能與之爭」、「以其不爭，故天下莫能與之爭」的教誨，其懶也洋洋，無意與大鳥較量，只自自在在地伸伸懶腰，仍舊徜徉在低處的泥土上。關漢卿（1234前-約1300）〈四塊玉・閑適〉其四亦正是此意：「南畝耕，東山臥，世態人情經歷多，閑將往事思量過。賢的是他，愚的是我，爭甚麼？」勞形的鳥且去飛揚，蛇啊，葫蘆提裝呆，閑快活去[1]。

卡夫詩裡的那條蛇，可能是「魯蛇」（loser）。李敖（1935-2018）〈做一個快樂的失敗者〉曾說：「一般人很少能看到失敗的好處，不會欣賞失敗、享受失敗，不會在一敗塗地的時候，躺在地上，細聞泥土和草根的清香。很少人知道，在有比賽的情形下，比賽下來，勝利者往往有兩個，就是勝利者和躺在地上吹口哨的失敗者。」卡夫詩中的「魯蛇」雖然不吹口哨，但在泥土草根的清香環繞下，「伸了個懶腰」，自樂自得，也是頗能享受失敗之趣的。

卡夫另有〈信念〉一首：

腳　夢見飛鳥
只有眼睛可以理解

學會合十
不再和走獸賽跑

[1] 我的學生甲硬是要持反對意見，他認為：蛇乃昂揚「求知」，翻開書本，內容精彩如「飛」，道理「高」妙，視野宏「遠」，蛇這名讀者此刻雖不能至，但心嚮往之，所以飛不起來，也要伸長了腰，向理想的「天空」探頭。聽完甲的解釋，我懲罰了他。

這次卡夫改用「飛鳥」當主角，是蛇就爬，是鳥就飛，順其自然。「腳　夢見飛鳥」，意指精神有了變化，泠然善也，思維飛離原先地上的限制，但想向別人傳達這種體會，卻又無法辦到，唯有自己的「眼睛可以理解」[2]——據《莊子・逍遙遊》，「小知不及大知」，大鵬凌空得見「天之蒼蒼」，能夠「視下」，其他小蟲小鳥卻無法感知，反而取笑起大鵬來。北宋《雲笈七籤》引錄《妙真經》云：「與時爭之者昌，與人爭之者亡。」獅子豈用回頭聽狗吠？當視野改變後，飛鳥不再執著於和地上各種無法理解自己的「走獸」爭勝，「合十」是淡定的標誌，而鳥的「合十」更呈斂翼之狀，養晦韜光，以不爭為上，實在無意與「走獸」勞神競技了。

劉裘蒂（1964- ）的〈跑道〉這樣寫道：「每個人都有不同的起跑時間，有些人先跑，有些人則先退出跑道，我慢慢活動出一股『旁若無人』的自在——原來要超越的只是昨天的自己！我也不再計較一些輸贏，因為永遠會有一個更遠、更具挑戰的終點線等我，只要我仍一直、一直在跑……」把其中的「我」換成「鳥」，把「跑」換成「飛」，即與卡夫詩意蘊相同——旁若無人，即是旁若無「走獸」[3]。

---

[2] 我的學生乙對此句另有見解，他認為卡夫志向高遠，夢中也想要像鳥那樣飛翔。雖則他暫時只有張眼盼望的份兒——「只有眼睛可以理解」——但他已有充足自信，學會不受他人影響，能堅持「信念」，只管朝著目標努力，不理地上「走獸」的功利標準，而踏上屬專自己的夢想之途。我聽聽合理，然後懲罰了乙。

[3] 我的學生丙認為我把〈求知〉、〈信念〉的順序搞混了，表示應該先讀〈信念〉，其中卡夫寫的是飛鳥的水準甚高，非一般「走獸」所能及；但到了〈求知〉，卡夫來個大反轉，鳥強由牠強，「蛇」還是能逍遙自在，安享爬行的日子。畢竟說到底，蛇是不用學大鵬那樣飛到天上去的。丙的構思與我有衝突，我摸摸他的頭，然後懲罰了他。學生丁則引用存在主義「他人即是地獄」之說，謂卡夫在〈求知〉以鳥為「他人」，在〈信念〉則以走獸為「他人」，謀求擺脫他人、突破地獄的自由。丁且引卡夫另首截句詩〈--------〉印證：「想把路走直／許多手横過來／／我斷成拉鍊／誰能拉上」，確認「他人」伸手過來，會使自己斷裂，產生負面影響。丁的解釋比我有深度，我又懲罰了他，不准他把拉鍊拉上。

參考本文的注釋，可見不少學生和我「爭」起〈求知〉、〈信念〉的詮釋來。《文子》提出「爭利者，未嘗不窮」的道理，指「善游者溺，善騎者墮，各以所好，反自為禍」。要是不跟學生瞎鬧，我會如此重釋〈求知〉：「越飛」指阿道夫・阿布拉莫維奇・越飛（Adolph Abramovich Joffe, 1883-1927），他是蘇聯外交家，藉著從「書頁」間累積起來的學問「飛了起來」，在中國、日本、英國等地活躍，其與孫中山（孫文，1866-1925）共同發表的「孫文越飛聯合宣言」就多為現代史讀者所悉；然而，越飛的行動表面看來是「越高　越遠」，頗有進展，他卻沒料到當如「鳥」落地之時，重返蘇聯之際，約瑟夫・史達林（Joseph Stalin, 1878-1953）已「蛇」一般伸飽懶腰，以逸待勞，開除列夫・托洛斯基（Leon Trotsky, 1879-1940），勝出政爭，而與托洛斯基關係密切的越飛只好在醫院留下給托氏的遺言，隨即黯然自殺。

至於〈信念〉，我的重釋是：卡夫到日本旅行，用「腳」踏查，認識該國「飛鳥」時代的文化。由於日文聽不太懂，他「只有眼睛可以理解」，唯靠猜測漢文、觀賞建築去細味公元七世紀前後的日本風情。飛鳥時代的特徵之一為佛教的興盛，而卡夫也在時至今日已屹立千多年的飛鳥寺、斑鳩寺等的遊覽活動中，潛移默化，受佛法感染，「學會合十」，與世無爭，「不再和走獸賽跑」，而得以調和內心。

我則以觀賞《機動戰士鋼彈SEED DESTINY》（『機動戦士ガンダムSEED DESTINY』），代替修行。

自由的迷失：
卡夫截句詩的動漫電玩

我在〈從動漫截出的快樂時光：卡夫截句詩「誤讀」〉裡，指出卡夫詩跟《獵人》、《海賊王》、《隱之王》、《Code Geass 反叛的魯路修》等動漫作品有所聯繫，並引十餘首詩為證。複讀《卡夫截句》後，現在又檢出蘊含動漫電玩因子的八首詩篇，略述如下，供愛詩人參考。

卡夫的〈巡〉：

一左　　　刺刀　　　一右
挑　　　路上夜色　　　開

　　　一個不小心
包　　　腳步聲　　　圍

這首詩取材自手機遊戲《刀劍亂舞》（『刀剣乱舞』）：為了阻止「時間溯行軍」改變歷史，「刀劍男士」在審神者的差遣下回到過去，與時間溯行軍激戰。遊戲內的戰鬥流程，首先是開始「索敵」，刀劍男士全隊的「偵察」數值總和高於敵軍「隱蔽」時，將較易洞悉對方的作戰陣型，繼而及早選擇有利的迎擊方案；

但相反，若「偵察」低於「隱蔽」，刀劍男士無法得到情報，誤選了不利的應戰陣式，損失就會較大。卡夫的「巡」便指「索敵」，意謂刀劍男士來到「夜色」下的戰場，「挑開」戰幔，可是如偵測失敗，「一個不小心」，其「腳步」甚至會陷進敵人的「包圍」網裡。在動畫作品《刀劍亂舞－花丸－》（『刀剣乱舞－花丸－』）中，本能寺、池田屋等多個戰場，就都是在「夜色」中開仗的。

卡夫的〈主義〉寫道：

眼睛都躲在窗下
雙手一推，驚見
所有耳朵豎起來，等

第一聲槍響

這首最初令人想到姜文（姜小軍，1963- ）導演的《讓子彈飛》，其結尾講的是張麻子帶領眾人打倒惡霸黃四郎。但《讓子彈飛》的老百姓雖然「躲在窗下」把「耳朵豎起來」，但他們「等」的並非張麻子的「第一聲槍響」，而是要「等」到張氏佔了上風、勝利在望，百姓才牆倒眾人推地投身戰場，分享成果[1]。音樂劇《悲慘世界》（*Les Misérables*）亦類似，儘管街頭抗爭的「第一聲槍響」已發出，巴黎市民仍只選擇抱頭大睡，不去支援學生，最終導致起義失敗。

---

[1] 魯迅（周樟壽，1881-1936）的〈最先與最後〉就曾說過：「中國一向就少有失敗的英雄，少有韌性的反抗，少有敢單身鏖戰的武人，少有敢撫哭叛徒的弔客；見勝兆則紛紛聚集，見敗兆則紛紛逃亡。」卡夫的截句詩〈真相〉也寫道：「砰！／／所有的腳一哄而散／／風低頭路過／不語」，描繪出百姓在敗兆之下躲回沉默、不敢爭鳴的情景。

所以，卡夫的〈主義〉與《讓子彈飛》或《悲慘世界》都不盡相符，更適合的對應作品乃《鋼之鍊金術師》（『鋼の錬金術師』）：主角愛德華・愛力克（エドワード・エルリック）故意被擒，遭太陽神托雷教教主囚禁在鐵「窗」之下；但愛德華早就安排弟弟「雙手一推」，弄破監獄牆身，將擴音器藏在愛德華的背後，到邪惡教主來找愛德華時，愛德華便誘其坦承利用人民的陰謀，並通過擴音器傳至全境，讓原先蒙在鼓裡的人民驚訝得「耳朵豎起來」。當邪惡教主忍不住鍊出機關槍擊毀擴音器，發出「第一聲槍響」時，他也就徹底失去了信眾的支持。人民群聚在其處所前的廣場，並見證那教主最後的失敗。

〈雕像一〉也與上述《鋼之鍊金術師》的劇情相關：

要我如何相信
只能仰望你

頭　頂著天空
就不會說謊

邪惡的太陽神教教主已然謝頂禿髮，「頭　頂著天空」；慣了「仰望」他的群眾在聽到全境廣播後都產生了懷疑，追問「要我如何相信」這名教主「不會說謊」。教主的回應是發動鍊金術，讓廣場上的巨大「雕像」都動起來，圍攻愛德華，以此證明自己能運用來自神的力量；可是愛德華卻鍊出更魁偉的「雕像」，一下子就把教主嚇倒。教主仍想反擊，但鍊金術的力量反噬，終於叫他一敗塗地。

補充一下，〈雕像一〉亦可與《伊藤潤二恐怖漫畫精選》（『伊藤潤二恐怖マンガCollection』）第14卷中以「銅像」為題的一篇互聯。心理變態的市長夫人在公園裡立了自己的半身雕像，並在雕像中置入監聽和播音設備，能察看公園中人的一舉一動。由於不滿一些女性譏諷自己長得完全不像那個美麗的雕像，市長夫人就誘騙她們上門用餐，迷暈她們後，還把她們殺害，製成水泥像。失去母親的幾名孩子於是跑去公園「仰望」市長夫人銅像，追問母親到哪兒去了；市長夫人還想通過播音器誆騙孩子，其旁邊的市長銅像卻忽然開聲，揭露夫人「說謊」，要孩子們不要「相信」。

《刀劍亂舞》、《鋼之鍊金術師》、《伊藤潤二恐怖漫畫精選》等都在卡夫的截句詩裡偶一露面，但要說到頻繁借用，還是不得不數《海賊王》。除以前論及的〈玫瑰〉、〈為了尋找一條在冬天不會冷凍的河〉和〈56歲〉外，《卡夫截句》中的〈詩念〉、〈雕像二〉、〈距離〉、〈末路〉、〈僅此一次〉都有《海賊王》的痕跡。

卡夫〈詩念〉：

纏得越久

　　　　掙得越急

　　　　　　　　纏得更緊

哪裡是我的曠野？

蒙其・D・魯夫（モンキー・D・ルフィ）為了阻止同伴賓什莫克・香吉士（ヴィンスモーク・サンジ）加入「BIG MOM海賊

團」而潛入圓蛋糕島，卻因高調地擊敗了「甜點三將星」之一的夏洛特・慨烈卡（シャーロット・クラッカー），遭到復仇團隊圍攻，還被夏洛特・蒙德爾（シャーロット・モンドル）「書書果實」的能力囚禁在書本之中。在得悉BIG MOM海賊團將在婚宴上殺害香吉士後，魯夫激動地要掙脫將自己雙手釘進書頁裡的釘子。他扭動因「橡膠果實」而可伸長的兩手，可那顆釘子異常牢固，以致他「纏得越久／掙得越急」，卻「纏得更緊」；情急之下，魯夫決定不惜絞斷雙手，也要趕回與香吉士約好的「曠野」，帶香吉士離開敵人的魔掌。

卡夫的〈距離〉同樣表現魯夫之重視夥伴：

伸長了手

也捉不住擦身而過的聲音

時間回溯一下，在兩年前，魯夫的「草帽海賊團」登上夏波帝諸島，各團員卻因不敵巴索羅繆・大熊（バーソロミュー・くま）而被拍擊消失。魯夫眼見同伴一個個失去影蹤，痛苦至極，及後也被大熊拍飛並失去意識。在與大熊的交戰中，魯夫和佛朗基（フランキー）都曾在同伴快將消失時「伸長了手」，想去挽救，想去阻擋，但大熊的速度遠勝他們；魯夫和佛朗基最終只聽見幾下「擦身而過的聲音」，整團人就都被打飛到世界的不同角落，無法相見了——這裡既有同伴分隔的、空間上的「距離」，也標示出魯夫一伙與敵人實力上的「距離」，正好和卡夫的詩題相應。

卡夫的〈雕像二〉寫道：

死了　還要站著

不允許躺下
試試天地的寬窄

魯夫在與同伴分離後，輾轉來到海軍本部，與名震天下的大海賊「白鬍子」艾德華・紐蓋特（エドワード・ニューゲート）一同營救波特卡斯・D・艾斯（ポートガス・D・エース）。「白鬍子」在戰場上陣亡，所受刀傷、子彈、砲彈攻擊不計其數，且在肉搏之中失去半邊頭顱，死時卻維持站立之姿，巍然不倒，正是標準的「死了　還要站著」。

臺灣文學的讀者應該要懂姜貴（王林度，1908-80），姜貴〈永遠站著的人〉結尾是這樣的：「秋去冬來，天氣嚴寒，趙大爺依然每天去橋頭獃望。一天陰雲密佈，北風怒號，紛紛落起雪來，越落越大。家裡人忙去橋頭找他，衹見他當風而立，屹然不動，早已堆得像個雪人。上去看看，眼睛依然大睜著，但已經氣息毫無，僵了多時了。想擡他回家，卻又兩腳黏地，像生了根似的，莫想移得動。」趙大爺站著離世，傲然屹立的精神「不允許躺下」，金城人於是製作了一口立棺，把他的身體套了起來，年年添土祈福，漸漸建成「立冢」。

我弟提醒我，〈出埃及記〉（"Book of Exodus"）十四章云：「摩西對百姓說：『不要懼怕，只管站住，看耶和華今天向你們所要施行的救恩。』」而神的恩惠，據〈詩篇〉（"Book of Psalms"）一百零三篇，乃是：「天離地何等的高，祂的慈愛向敬畏祂的人也是何等的大！東離西有多遠，祂叫我們的過犯離我們也有多遠！」

兩組經文結合，便是「要站著／／不允許躺下」，這樣在生死關頭便能「試試天地的寬窄」，體驗恩典的浩大。在這重解釋裡，「死了　還要站著」可看成是一種誇張極致的說詞。

把話題帶回《海賊王》，卡夫在〈末路〉裡寫道：

槍管多長
我的黑夜就多深
血就流多遠

影子　也不留下

這裡說的是有份對「白鬍子」作出致命攻擊的「黑鬍子海賊團」狙擊手范・歐葛（ヴァン・オーガー）。他在加亞島西海岸首度登場，手持「槍管」甚長的名槍「千陸」，準確射擊極遠處「草帽海賊團」航行海域上空的海鷗群，令還沒有看到加亞島影子的草帽團船員大吃一驚。歐葛是「黑暗果實」擁有者馬歇爾・D・汀奇（マーシャル・D・ティーチ）的忠實追隨者，深深契入「黑夜」的力量之中，作為汀奇的下屬，常以「流」他人之「血」為樂。所謂「影子　也不留下」，既可指歐葛沒有在加亞島與魯夫碰頭，同時亦可隱射其綽號「音越」——音越即「超音速」，叫人無法看得清影子。

最後是〈僅此一次〉：

在風也過不來的地方
用身體鑿開黑夜

鏤空的影子
正在過濾燒燼前的聲音

「白鬍子」的手下艾斯能夠化身為火焰，他在巴納洛島追上叛徒「黑鬍子」汀奇，正想將之逮捕，不料汀奇能藉著「黑暗果實」發動「闇穴道」，如黑洞般吸進各種物質；又能使出「闇水」，吸住艾斯的身體，使後者無法避開攻擊。如是者，汀奇可謂製造出「風也過不來」、無縫無隙的攻擊領域，穩佔上風。不過艾斯並不退讓，他嘗試「用身體鑿開黑夜」，以「火焰果實」的能力使出絕招「炎帝」，和汀奇的黑暗力量硬碰。戰鬥結束，艾斯不幸地力竭落敗，成為「鏤空的影子」、「過濾燒燼前的聲音」，失去了意識，更被「黑鬍子」交給海軍，並因而觸發了日後的「頂上決戰」。

談到「黑鬍子」的暗黑風格和引力，我的一個兒子想起著有《萬有引力》（『グラビテーション』）的村上真紀（MURAKAMI Maki）。村上真紀另有《遊戲者天堂》（『ゲーマーズヘブン！』）等作，比較獨特的是，她會給自己的作品畫18禁甚至20禁的同人刊。以下據兒子轉述。某部同人刊寫《遊戲者天堂》的拉許（ラッシュ）本想到酒吧尋找所愛，解除寂寞，「用身體鑿開黑夜」，可其目標人物不在現場，俊美的他反被許多許多許多人包圍，陷進「風也過不來的地方」，且被那許多許多許多人這樣又那樣。被弄得靈肉分離、近乎虛脫的拉許令人想到「鏤空的影子／正在過濾燒燼前的聲音」，嬌喘連連，更激發那許多許多許多人的獸性，繼續盡情地這樣那樣。只是這許多許多許多人不久就要付上沉重代價

——稍為清醒的拉許拔出武器，將他們全部砍翻。壞人們爽一次，命也丟了，難怪卡夫的詩題叫做：「僅此一次」。

我是自由的，那就是我迷失的原因。

這篇小文，送給苗皓鈞（1998-）

截句書寫的普羅米修斯：
卡夫〈守候今生〉、〈我的玫瑰〉與西洋文學

「誤讀」的寫作，對被閱讀的文本來說，可以「新義」，可以「開源」，可以「比照」。通常我都在做「新義」的事。至於「開源」，在「誤讀」商禽（羅顯烆，1930-2010）、陳映真（陳永善，1937-2016）、向陽（林淇瀁，1955- ）等人時，我也試過一些。這次略讀《卡夫截句》，就又抽出〈守候今生〉與〈我的玫瑰〉兩篇，試試憑空鑿竅，說說卡夫二作可能的影響根源。

首先是〈守候今生〉：

你是孤島最長的黑

剩下一盞燈
也要點燃多情

就算來世也忘不了回家的路

史考特・費茲傑羅（F. Scott Fitzgerald, 1896-1940）小說《大亨小傳》（*The Great Gatsby*）的人物關係頗為複雜：黛西・費伊・布坎南（Daisy Fay Buchanan）在嫁給湯姆・布坎南（Thomas Buchanan）

之前，曾與主角傑・蓋茨比（Jay Gatsby）談過戀愛，蓋茨比對她終生難忘。當蓋茨比發跡後，他就在長島西卵村買下豪宅，遠眺海灣對面東卵村的布坎南家，常對黛西住所外碼頭的綠燈遐想，表現激動。尼克・卡拉威（Nick Carraway）第一次遇見蓋茨比時，就曾這樣形容道：「他朝著黝黑的海水伸直雙臂，模樣怪異。我雖離他很遠，但我敢說他在發抖。我不由自主朝海面望去——什麼都看不清楚，除了一盞綠色的燈，又小又遠……」

掌握《大亨小傳》的基本訊息，讀卡夫〈守候今生〉就不會覺得陌生了。「你」指「守候」黛西的蓋茨比，「孤島最長的黑」寫的是他和至愛分離的處境，既與「長島」的地名對應，也跟蓋茨比「黑」夜裡「長」時間遠望的舉動相合；「剩下一盞燈」指的是黛西家那邊的綠燈，雖然小而遠，卻「要點燃多情」，讓蓋茨比不絕思念，情難自抑——他千方百計奪回美人，即使「來世」，他「也忘不了回家的路」，視黛西為終極目標、生命歸宿。

《大亨小傳》的結尾非常精彩，說的猶是「忘不了回家的路」：

> 蓋茨比信仰的那盞綠燈，對他來說，那是代表未來的極樂仙境，雖然這個目標年復一年在我們眼前往後退。它那時從我們身邊溜逝，不過沒有關係——明天我們會跑得更快一點，手伸得更長一點……總有一天——
>
> 於是，我們繼續戮力向前，如逆流而上的一葉扁舟，不斷被浪潮往後推回到過去。[1]

---

[1] 本文所採譯本，為史考特・費茲傑羅（F. Scott Fitzgerald），《大亨小傳》（*The Great Gatsby*），范文美譯（臺北：志文出版社，2010）。

「多情」的人朝著象徵愛與希望的「一盞燈」，即使是逆流，他總「忘不了」那個幻想中的極樂仙境——精神所嚮往之「家」。寫下《海邊的卡夫卡》（『海辺のカフカ』）的村上春樹（MURAKAMI Haruki, 1949- ）曾說，如果不是《大亨小傳》，他不會走上寫作這條路；那麼，如果不是《大亨小傳》，卡夫就不會在海邊寫下〈守候今生〉吧。

卡夫〈我的玫瑰〉：

讓我緊緊抱著妳
刺　就不見了

血流乾了
我的心還是比妳紅

這篇作品首先使我想到了安東尼・迪・聖－修伯里（Antoine de Saint-Exupéry, 1900-44）的《小王子》（*The Little Prince*），當中小王子和玫瑰花或是隱指作者本人及其妻子康蘇爾洛・迪・聖－修伯里（Consuelo de Saint-Exupéry, 1901-79）。一種說法是，康蘇爾洛並不忠誠於丈夫，但安東尼依然「緊緊抱著」妻子，對她的「刺」視而不見，像玫瑰花般呵護著她，儘管心痛，仍赤心一片，不離不棄。康蘇爾洛的回憶錄卻告訴我們，這位妻子因圍繞安東尼的年輕女子太多，以致心像被無數的「刺」刺痛，甚至「血流乾了」，得住進醫院接受治療；不過，康蘇爾洛還是深深愛著安東尼，最終她選擇睜隻眼閉隻眼，只專注於丈夫的好，「刺　就不見了」，並且在二人生死睽違之前，他們的通信總是情話綿綿的。〈我的玫瑰〉無論從安東尼還是康蘇爾洛的角度出發，應該都說得通；但從詩行中帶著性別區分的「妳」字推敲，〈我的玫瑰〉似更偏向安東尼忠於其妻的版本[2]。

以作品對應作品的話，則卡夫〈我的玫瑰〉實際與奧斯卡・王爾德（Oscar Wilde, 1854-1900）〈夜鶯與玫瑰〉（"The Nightingale and the Rose"）更加契合，受到了後者的影響。夜鶯為幫助年輕學生取得紅玫瑰，不惜犧牲自己——牠飛到玫瑰樹上，「將胸口壓向尖刺」，儘管「疼痛頓時傳遍」全身，「鮮紅的血液從體內流了出來……那刺越插越深，生命的血液漸漸溢去」，夜鶯還是繼續「把尖刺插得更深」；當發現由於心房未被刺透，以致「玫瑰花的花心尚留著白色」，義無反顧的夜鶯竟毅然讓玫瑰花刺穿心臟，結果花朵「終於變作鮮紅，花的外瓣紅如烈火，花的內心赤如絳玉」。卡夫詩對夜鶯是讚揚的，他說夜鶯「緊緊抱著」玫瑰，讓刺插進身體，彷如「不見」；最後夜鶯「血流乾了」，死在草間，但牠那顆為人付出的心，仍是赤「紅」耀眼，能夠感動後世的——可惜那需要紅玫瑰的年輕學生不懂。

卡夫從西洋文學借火，豐富了自身的截句詩創作，有如神話中的普羅米修斯（Prometheus）；名震二十世紀的小說家卡夫卡也寫過一篇〈普羅米修斯〉（"Prometheus"），結尾這樣說：「留下的是那不可解釋的山崖。這個傳說試圖對這不可解釋之現象提供解釋。由於它是從真實的基礎上產生的，最後必定也以不可解釋告終。」[3]多麼像「誤讀」，多麼耐人尋味。

---

2 煞風景的解讀：安東尼對妻子的不忠視而不見，反而很保護她，由自己承受傷痛，原因是「我的心還是比妳紅」，比起妻子紅杏出牆，安東尼越軌得更加放肆，就不好意思亂管妻子了。

3 法蘭茲・卡夫夫，〈普羅米修斯〉（"Prometheus"），葉廷芳、黎奇譯，《卡夫卡短篇傑作選》，葉廷芳編，再版（臺北：志文出版社，2009），276。

中國長城建造時：
卡夫截句詩的自由聯想

午飯後，我蒼老地，通體鼓脹，心臟略有些不舒服，躺在床上，一隻腳垂在地上，閱讀著一本歷史讀物。姑娘走了進來，兩隻手指抵在翹起的嘴唇上，通報一位客人的到來。「誰啊？」我問道。「一個中國人。」姑娘說。我半夢半醒地迎接這位陌生的來客，而他像給科學院做報告一樣，對我唸起了自己的「研究」。

卡夫〈沒有事發生〉：

一條老狗在舔天氣
一群條子在圍捕竄逃的風
一個老男人被年輕女人的聲音清洗著

懶洋洋的街道若無其事地坐了一個下午

卡夫此詩多少與魯迅〈示眾〉相對：「一條老狗在舔天氣」，彷彿〈示眾〉的「許多狗都拖出舌頭來」、「有幾隻狗伸出了舌頭喘氣」，同樣是以狗的舉動寫天氣之熱，分別只在數量上的「一條」與「幾隻」；「一群條子在圍捕竄逃的風」，說的是天氣太熱，警察也想捉住潛匿的風，好涼快一下，〈示眾〉則寫巡警陪著犯人在盛夏裡示眾——「一個是淡黃制服的掛刀的面黃肌瘦的巡警，手裡牽著繩頭，繩的那頭就拴在別一個穿藍布大衫上罩白背心的男人的臂膊上。」

另外，卡夫詩第三行「一個老男人被年輕女人的聲音清洗著」，說青春少艾可以洗去老男人炎熱中滯重的感覺，使人一身輕鬆。那麼，如果對方是年紀不輕的女人呢？魯迅〈示眾〉即有個禿髮的老頭子，他在觀看犯人時，因為「後面的一個抱著孩子的老媽子卻想乘機擠進來了」，恐怕失了位置，只好「連忙站直」，無法鬆弛精神。這樣看，卡夫〈沒有事發生〉的第三行乃反寫了魯迅〈示眾〉，作出補充。

〈沒有事發生〉的最後一行是「懶洋洋的街道若無其事地坐了一個下午」，這自然是〈示眾〉著意描寫的情景，雖然小說涉及的時段應為中午前後。魯迅在〈示眾〉的開頭寫道：「遠處隱隱有兩個銅盞相擊的聲音，使人憶起酸梅湯，依稀感到涼意，可是那懶懶的單調的金屬音的間作，卻使那寂靜更其深遠了。」他和卡夫都直接以「懶」渲染街上的氣氛。與魯迅互聯之後，複讀卡夫的〈沒有事發生〉，讀者不知是否能想到魯迅〈幾乎無事的悲劇〉裡寫的：「人們滅亡於英雄的特別的悲劇少，消磨於極平常的，或者簡直近於沒有事情的悲劇者多。」

卡夫〈鏡子〉：

眼睛　用想也不能走近
只好假裝看不見

一綹長髮爬了出來
誰來認領

麥浚龍（麥允然，1984-）導演的《殭屍》說的是中式鬼怪的故事，其中一幕是一隊陰兵撐著傘子行過狹窄的公共屋邨走廊，能看見他們的錢小豪、楊鳳等人深感恐怖，「眼睛　用想也不能走近」，唯有盡量靠向路邊，把目光移開，「假裝看不見」，楊鳳且本能地伸手擋住兒子小白的雙眼。

楊鳳的丈夫高俊文原來曾在家裡強姦上門補習的女學生，女學生姊妹反擊殺死色情狂，其中一人卻不慎戳傷自己要害，另一人亦因承受不了打擊，隨即自縊於吊扇之下，在現場死去。此後一段長時間，兩姊妹充滿怨念的鬼魂就留在單位之內，拖著「一綹長髮」，入夜時便「爬了出來」，謀害接近之人。道士阿友和九叔聯手把女鬼姊妹關進木櫃後，心懷鬼胎的九叔卻沒有依約誅滅惡靈，反而將之「認領」，想對她們施行借屍還魂的法術。豈料到最終，九叔煉出的殭屍法力太強，反將九叔殺害，兩姊妹的惡靈也從木櫃逃出，揚動「一綹長髮」，飛「爬」在屋邨的牆上。順帶一提，鬼姊妹在電影中首次露面，便是在卡夫詩題所示的「鏡子」之中。

卡夫的〈此後〉：

淚水穿過淚水
繁殖更多的傷口

時間在時間裡腐爛
誰能超渡我

前面提到道士九叔煉出殭屍，來龍去脈是：街坊冬叔在樓梯摔下受傷，九叔則把他拋落樓梯，令他喪命；冬叔之妻梅姨未能接受丈夫身故，不知實情下，竟去央求九叔施法幫冬叔復活。梅姨因冬叔之死而「淚水穿過淚水」，終日心裡難受；但她的種種不捨、執著，徒然「繁殖更多的傷口」，不僅累冬叔屍骨無存，煉屍過程中還搭上了小男孩小白的性命，令母親楊鳳有了永遠無法療合的「傷口」。

梅姨自然也不是大奸大惡之人，只因老伴突然逝去而茫然失措，一念之差，才鑄成大錯。她不肯接受丈夫漸漸「在時間裡腐爛」的現實，倒行逆施，但到底冬叔的殭屍也只是有魄無魂；意識到美好的「時間」都隨丈夫之死而「腐爛」後，梅姨不能自已，心底愧疚自責地響起「誰能超渡我」的疑問，最終萬念俱灰，唯以鋒利的玻璃割頸自盡，「超渡」了自己，脫離現世的痛苦。

卡夫〈如果〉：

前世不是一把弓
今生怎能化身為箭
奮力拉開天地

哪裡是我的日月

最後這篇我解得就像猜謎了。姓「張」和姓「章」容易聽混淆，「弓長張」比「立早章」多，後者有時介紹自己姓氏，會說「文章的『章』，不是『弓長張』」。由於卡夫的詩以「不是一把弓」作開頭，我一讀，硬是想到一個文章的「章」字；然後在最末一行，看見「日月」，我又拼出一個「明」字來（可能受意識之流中「弓長」合體為「張」所影響），串成了「章明」這一名號。

章明（1961- ）是中國第六代導演的代表人物，他1996年拍攝的第一部電影《巫山雲雨》我十分喜歡。電影中，三十歲的麥強在三峽邊的揪石子信號台上工作，徒弟馬兵帶麗麗給他解悶，麥強卻不為所動；後來在城裡遇見陳青，麥強卻很快和她發生關係，令馬兵大感驚訝。但麥強的出現令陳青的第二次婚事告吹，陳青生活變得困苦；麥強聽到消息後，竟從揪石子信號台隻身游過長江，重新來到陳青身邊。

據電影暗示，麥強曾在夢裡見過陳青，陳青可能也常聽到麥強呼喚自己的聲音，兩人有著「前世」姻緣；正是這種羈絆，讓生活平靜、波瀾不興的麥強「化身為箭」，直飆彼岸，「奮力拉開」感情上一度封閉的「天地」。因為故事發生在巫山，這也令我想起杜甫〈詠懷古跡五首〉其一所說的：「漂泊西南天地間」、「三峽樓台淹日月」；麥強勇敢追上陳青，正是拉開了巫山的「天地」，不再淹沒在信號台單調的「日月」中，而找回富於生命力的「日月」——「天地」、「日月」，這些關鍵字眼，都見於卡夫的〈如果〉中。

大約過了三十分鐘，這個中國人終於把話說完。我蓋上原先拿著的歷史讀物，沉思好一陣，腦袋裡有了古中國人把長城聯成一氣，或至少聯結兩個主體部分的畫面；而如果長城造得不連貫，它非但不能抵禦來自北方騎馬的敵人，它的存在本身亦有著經常性的危險。

我緩緩把自己站起，撐直了巨大的身軀。那中國人一看見，趕緊往外溜；我僅僅追到過道裡，就拽住了他。小心翼翼地，我拉著

他的絲綢腰帶，把他拽進我的屋裡來，火紅滾著那黑色絲邊，所有語言都將倒錯……[1]

1 本篇的開頭及結尾，均取自卡夫卡的文章而略作修改。見卡夫卡，〈〔中國人來訪〕〉，葉廷芳、黎奇譯，《卡夫卡短篇傑作選》，239-40。新增的部分，則看讀者如何獨運匠心，另行詮解。

假如江山有天意：
卡夫〈如果〉裡的西楚霸王

卡夫寫過一首截句詩〈如果〉，從題目上說，已頗有開放意味。我的想法是，這首詩可和「楚漢相爭」的史事互相聯繫，該詩詩文如下：

前世不是一把弓
今生怎能化身為箭
奮力拉開天地

哪裡是我的日月

網上資料，項羽（前232-前202）有神兵利器「霸王弓」，由玄鐵打造，重一百二十七斤，弓弦由黑蛟龍的背筋製成，堅韌非常，不畏冰火刀槍，與《水滸傳》花榮的「游子弓」、《封神演義》李靖的「乾坤弓」等，並列於中國「十大名弓」榜內。這種十大名弓的提法，雜入大量小說家言，道聽塗說，其真偽固然是啟人疑竇的。而據《史記・項籍本紀》記載，項羽殺會稽太守，是「拔劍斬守頭」；在鴻門宴上，是「按劍而跽」；到烏江後，是「持短兵接戰」——項氏使用弓箭的記載，似不易見於正史。

項羽最倚仗的「武器」，其實是一身與生俱來的神力，《史記》曾強調他「力能扛鼎」。他成名於大破章邯（?-前205）秦軍的鉅鹿之戰，金朝蕭貢（?-1223）的〈楚歌〉即說：「項王一戰動天地，諸侯膝行趨下風。」這兩句可視作卡夫詩「奮力拉開天地」的註腳，兩篇皆以震動「天地」、拉開新局，來形容項羽在鉅鹿的戰績。那麼，截句詩〈如果〉首三行的意思便是：我項羽「前世不是一把弓／今生怎能化身為箭」，豈會藉弓矢之助，躲於遠距離外傷人呢？我「拉開天地」，闖出名堂，乃是全靠「奮力」，毫不假借！

卡夫代項羽發言，不乏豪邁之氣。可到了〈如果〉僅一行的第二節時，氣氛急轉直下，項羽嘆息追問道：「哪裡是我的日月」？唐詩僧栖一〈垓下懷古〉嘗云：「弓指陣前爭日月，血流垓下定龍蛇。」項羽與劉邦（漢高祖，約前256-前195，前202-前195在位）爭奪「日月」，角逐天下，原先形勢大好，終於喪師垓下。劉邦為龍，「奮力」的項羽作蛇，誠如栖一所言：「拔山力盡烏江水」、「萬里鴻溝屬漢家」。自刎前，項羽曾幾度聲言「天之亡我」——原來他「奮力拉開天地」，天心卻未屬意於他；他尋覓，「日月」卻從不肯歸其囊中。如此看來，整首〈如果〉又能這樣理通：我項羽不是那把「前世」注定的「弓」，「今生」再盡力，也無法「化身為箭」，在「弓指陣前」的競賽裡獲得最後勝利；拉開天穹，哪裡是我的「日月」？又哪裡有我的「日月」呢？調子一下子黯淡起來，正好是別姬霸王的哀音。

杜牧（803-52）〈題烏江亭〉謂：「勝敗兵家事不期，包羞忍恥是男兒。江東子弟多才俊，卷土重來未可知。」他寫的也是「如果」。如果霸王忍辱渡江，號召東南，再次舉兵，歷史說不定會有「截」然不同的走向——噢，杜牧寫的，也是「截」句。

千萬雙手翻動史冊：
卡夫〈我的存在〉與日本稚兒文化

卡夫〈我的存在〉令人極易聯想到觀音（Avalokiteśvara）：

妳的聲音　幻千萬雙手
超度了累劫卻不能流盡的淚水

我的存在　無所謂悲傷

林文義（1953- ）〈千手觀音〉記述，一名老人「一刀一銼地雕刻」一塊極為巨大的檀香木，要把它雕成千手觀音像，但在動刀之前，他先真誠地「在心裡奉守」對觀音的「信仰與敬畏」，認為若不這樣，菩薩像就無「心」，不能「在苦海茫茫間，伸手普渡眾生苦難」。卡夫大概非常認同老人的深摯，詩中的「我」即那塊檀香木，雖然被刀銼斲削，卻自謂「無所謂悲傷」，因為藉由老人灌注的心力，觀音的「聲音」定能「幻千萬雙手」，「超度」那些「累劫卻不能流盡的淚水」，普救世人——檀香木的犧牲，因而變為值得。

閱讀日本歷史[1]，人們相信觀音曾化身美貌童子，與高僧纏綿

[1] 以下內容，主要取自武光誠（TAKEMITSU Makoto）監修，《日本男色物語——從奈良貴族、戰國武將到明治文豪，男男之間原來愛了這麼久》（『日本男色物語 奈良

愛戀。繪卷〈稚兒觀音緣起〉載，一名六十歲的僧人在路上遇見吹橫笛的美少年，一見傾心，於是把他帶回寺院，從頭到腳好好地寵愛。幾年後，十六、七歲的少年得了重病，彌留之際，傷感地對老僧傾訴：「此三年間，於慈悲室內度日，忍辱衾下度夜，朝夕受悲訓之事，幾生難忘……」數載同衾而眠，一旦相分，難離難捨。但其實少年乃是觀音化身，正當老和尚慟哭美男離世之時，菩薩揚聲說道：「念汝多年懇切朝拜，現三十三應中童男之形，與汝結二世契。」這三年原來是觀音的恩賞，期限雖到，高僧卻已算賺到了。故事中，觀音菩薩「幻千萬雙手」與高僧同攜共抱，在老僧人情傷時又顯靈「超度了累劫卻不能流盡的淚水」，得到安慰的後者應該就「無所謂悲傷」，不必太難過了——這是日本人的想像，至今福興寺別院有「稚兒觀音像」，靜靜述說著這段情緣。

《古今著聞集》卷八「好色部」記一位名為「千手」的稚兒，他曾得覺性入道親王（Imperial Prince priest Kakushō, 1129-69）寵愛，但其後親王移情別戀，千手便憂傷地離去。在一場宴會上，人們請來千手吹笛和詠唱歌謠。當這位美少年唱到「過去無數諸佛，遭棄時何以耐之」時，得知千手情傷的賓客無不垂淚，在場的覺性入道親王也自愧於拋棄了這位美男子，激動得即時「抱千手入御寢所」，開心一番，以雲雨洗滌彼此的傷口。可以說，千手藉他動人的「聲音」挽回愛情，「超度」了自身「累劫卻不能流盡的淚水」，而一度隨歌聲落淚的入道親王，此刻在御寢所裡回味無窮，也「無所謂悲傷」了。

時代の貴族から明治の文豪まで』），馮鈺婷譯（臺北：時報文化出版企業股份有限公司，2017），73-76。

卡夫〈我的存在〉以「妳」指美男千手，原因是後者的形象女性化；觀音的Avalokiteśvara本來是男子名，其後也雌雄不分。兒子說田龜源五郎（TAGAME Gengoroh, 1964- ）有篇以稚兒為主角的色情漫畫，當中一幕繪出了「幻千萬雙手」的大場面，情節亦與〈我的存在〉完全相合——但拜託，我不敢去翻，就不驗證了。

我看宮崎湧（MIYAZAKI Yu, 1995- ）裝酷時很帥，演可愛時很軟，受訪問時說自己抖M，到唱歌又很霸氣。怎麼辦呢？我好像離題了。

男神卡卡：
《卡夫截句》輯一的日本男色物語

除了〈我的存在〉外，翻開《卡夫截句》的第一輯，我們還是能找到頗多與日本古代男色記載互聯的文字。與上篇相同，本文主要是參照了武光誠（TAKEMITSU Makoto, 1950- ）監修的《日本男色物語——從奈良貴族、戰國武將到明治文豪，男男之間原來愛了這麼久》（『日本男色物語 奈良時代の貴族から明治の文豪まで』）中譯本。

讓我們由卡夫的〈這樣就過了一天〉開始：

剛過下午
夜就來敲門
開不開門　無處可逃

反正我是向晚的黃昏

藤原賴長（FUJIWARA no Yorinaga, 1120-56）在日記《台記》中不時寫到與男性發生關係，例如康治一年（1142）十一月二十三日：「謁或人，彼三位衛府，遂本意，可喜可喜。不知所為，更闌歸宅，與或四品羽林交會。」他在和藤原忠雅（FUJIWARA no

Tadamasa, 1124-93）做愛後，晚上又找一位四品羽林合歡。天養一年（1144）十一月二十三日：「深更向或所三，彼人始犯余，不敵不敵。」直寫自己被年紀較輕的藤原忠雅反攻，承受了對方的插入。久安二年（1146）五月三日：「子刻與或人讚會合，於華山有此事，遂了本意。」記賴長終於得償所願，與十九歲的藤原季隆（FUJIWARA no Takasue, 1127-85）性交。久安三年（1147）正月十六日：「夜半，為有來，彼朝臣漏精，足動感情。先先常有如此之事，於此道不恥於往古之人也。」讓前來的藤原為通（FUJIWARA no Tamemichi, 1112-54）射精，事後並大讚為通總是能夠高潮，表現不遜古人。久安四年（1148）正月五日：「今夜入義賢於臥內，及無禮有景味（不快後初有此事）。」男子義賢在被褥中對賴長做出無禮舉動，令其怏怏不快，可漸漸卻又令賴長體會到強烈快感，盡興淋漓。由於做愛時間都是晚間──「更闌」、「深更」、「子刻」、「夜半」、「今夜」，對性事樂此不疲的藤原賴長大概是很想「剛過下午／夜就來敲門」。

由於藤原賴長是從一位左大臣，極具權勢，他喜歡的男子確實是「開不開門　無處可逃」，沒辦法拒絕其激情舉動──上面提及的藤原隆季，其父藤原家成（FUJIWARA no Ienari, 1107-54）乃賴長政敵，隆季卻仍得迎合賴長，正好說明這一情況。賴長與隆季的弟弟藤原成親（FUJIWARA no Narichika, 1138-77）也曾交歡，《台記》仁平二年（1152）八月二十四日載：「亥刻許讚丸來，氣味甚切，遂俱漏精，稀有事也。此人常有此事，感慨尤深。」賴長何以「感慨尤深」？或許是因他縱情色慾，才三十二歲，肉體就已是「向晚的黃昏」，難得一次射精；聞說藤原成親非常壯健，時時都能發射，他不禁自慚自傷起來呢！「無處可逃」的男色對象因此也不必

「逃」，因為賴長「反正」就是精囊空空，心有餘，力不足了啊。

〈吻〉：

舌在嘴裡狂飆

唇在越來越小的床上

翻滾

夜　無處可逃

但倒過來想，藤原賴長其實也有他「無處可逃」的時候，例如被藤原忠雅反推倒，他就得一嘗捱操滋味；遭義賢在床上無禮對待而有了快感，可能也指重口味的下克上性虐經驗。回溯一段時期，權焰薰天的藤原賴通（FUJIWARA no Yorimichi, 992-1074）也是能肆意玩弄美少年，沒想到某「夜」，他也「無處可逃」，成為別人的洩慾對象——七十三歲的藤原實資（FUJIWARA no Sanesuke, 957-1046）在日記《小右記》寫道：「今晚夢想，關白與下官於清涼殿東廂，共脫烏帽，懷抱而寢，余玉莖如木。」這位老人夢見自己和藤原賴通相擁而眠，少不了要「舌在嘴裡狂飆」，其暮年的陽具因之變得硬梆梆的。在藤原實資做著好夢的那張「越來越小的床上」，官位顯赫的賴通竟成了陪著「翻滾」的小男寵。

藤原賴長、藤原賴通的部分就到這兒，現在看看〈我〉：

躺下是一座孤島

站起來

一群飛鳥掠過耳畔

藤原秀能（FUJIWARA no Hideyoshi, 1184-1240）因和歌才能而獲後鳥羽上皇（Emperor Go-Toba, 1180-1239）欣賞，並成為後者的男色對象。承久三年（1221），上皇舉兵反抗鎌倉幕府，卻被打得「躺下」，遭流配至隱岐「孤島」，藤原秀能則被流放到熊野。二人分別後，秀能於高野山出家，卻不停地思念「孤島」上的主君，每「站起來」眺望，就總覺「一群飛鳥掠過耳畔」，由「鳥」想到後鳥羽上皇，並作歌謂：「雖未立命誓，此身得續存，復來此石見，得見彼白島。」盼著去「孤島」和上皇做一個一起「躺下」的親密動作。直到嘉禎二年（1236），後鳥羽上皇舉辦遠島御歌合，藤原秀能才藉與會之機，得以和朝思暮想的上皇相見，互慰衷情。

〈信念〉：

腳　夢見飛鳥
只有眼睛可以理解

學會合十
不再和走獸賽跑

後鳥羽上皇艷福不淺，久我通光（KOGA Michiteru, 1187-1248）也是其同性愛人。上述嘉禎二年的遠島御歌合，久我通光亦有參與，並以和歌對上皇傳情：「未知白樫路，君影入山林，吾亦隨後至，彷若嶺松風。」原來上皇在前往隱岐「孤島」前出家，久我通光的「腳」即做著追隨「飛鳥」（後鳥羽上皇）的「夢」；他睜開

「眼睛」，盡力「理解」上皇遁入山林的心路；為了陪伴上皇，他願意「學會合十」，一同出家，「不再」與官場的「走獸賽跑」——可是，久我通光的「信念」似乎不太堅定，出家只是說說，到底沒有落實。

〈巡〉：

一左　　　刺刀　　　一右
挑　　　路上夜色　　　開

　　　　一個不小心
包　　　　腳步聲　　　圍

出家無法斷捨男色，據歷史所載，日本佛寺反而是男色文化的淵藪。淨土真宗祖師親鸞（Shinran, 1173-1263）的外曾孫覺如（Kakunyo, 1270-1351）在十二歲時登上比叡山，進入延曆寺修行。因覺如才貌雙全，三井寺的僧侶為之心動，後者竟於弘安六年（1283）派遣僧兵，帶著大「刺刀」，將「路上夜色」興奮地「挑開」，把「一個不小心」的延曆寺「包圍」起來，最終成功搶走覺如，遂其所願。

《秋夜長物語》一篇其來有自的故事則說：雲居寺瞻西上人（Sensei-shōnin）待在延曆寺時，愛上了三井寺的稚兒梅若丸（Umewaka），後來梅若丸忽遭「天狗」擄走，三井寺僧侶誤以為是瞻西所為，於是帶齊「刺刀」，「左」是燒毀梅若丸生父之家，「右」是襲擊延曆寺，並在該寺設立戒壇。誰想到，延曆寺很快發起反攻，盡起十萬騎兵，從七路「包圍」三井寺，最終把三井寺燒得只剩新羅大明神的神壇。經過這次由美少年引起的爭戰，聽到延曆寺僧侶的「腳步聲」，三井寺僧應該還心有餘悸吧。

〈--------〉：

想把路走直
許多手橫過來

我斷成拉鍊
誰能拉上

「拉鍊」的雛形出現於十九世紀，現代拉鍊則到1914年才發明。卡夫用「拉鍊」這一意象，乃因褲子上的拉鍊含有性意味。繼續覺如的部分，他被三井寺搶去之後，興福寺一乘院的僧侶也看中了他，想要把他帶走。這中間雖有波折，興福寺最終還是透過覺如的父親，把覺如巧取豪奪而去。起初到延曆寺修行的覺如，應該是「想把路走直」，沒料到「許多手橫過來」，三井寺、興福寺僧人輪番介入，覺如這「斷成拉鍊」、被視為性愛對象搶來搶去的命運何時能夠「拉上」結束？

〈僅此一次〉：

在風也過不來的地方
用身體鑿開黑夜

鏤空的影子
正在過濾燒爐前的聲音

最後再說說近衛基通（KONOE Motomichi, 1160-1233）的故事。近衛基通因獲平清盛（TAIRA no Kiyomori, 1118-81）的支持而出任關白，是受過平氏庇蔭的人。「源平合戰」爆發後，平氏於壽永二年（1183）戰敗撤出京都，本想攜後白河法皇（Emperor Go-Shirakawa, 1127-92）一同轉移，近衛基通卻背叛平氏，率先把平氏計畫告知法皇，讓法皇能早一步逃出。

但畢竟基通算是和平氏不脫關係的人，與法皇以至各政壇新貴之間存著芥蒂、隔閡，彼此處在「風也過不來的地方」，平氏「燒燼」，基通的仕途應該也一同毀掉。不過，年輕的基通還是成功「用身體鑿開黑夜」——他於壽永二年七月二十日覲見後白河法皇，地點是法皇的寢所。據九條兼實（KUJŌ Kanezane, 1149-1207）的日記《玉葉》記載，當晚五十六歲的法皇「遂御本意」[1]，與二十三歲的基通發生了關係。此後，近衛基通進宮，又時與法皇「豔言御戲」，令九條兼實忍不住以「君臣一體」來諷刺他們。只是無論如何，近衛基通以「鏤空的影子」曲意逢迎法皇，是能夠「過濾」掉和平氏的聯繫，在政壇倖存下去的。

《卡夫截句》還有第二輯、第三輯，武光誠的《日本男色物語》我也僅讀了第一章多一點。目力不足啊！讀者諸君不妨自行比讀下去，當會續有發現呢。

[1] 考察後白河法皇擺脫平氏、逃離京都的一幕，與卡夫〈56歲〉正好相似：「我的一生　翻來覆去／逃不出一張手掌之外／／攤開來　千萬條河／我要在哪裡棄舟上岸」。

為了被忘記的榮譽：
《卡夫截句》輯二的末代武士

《末代武士》（*The Last Samurai*）的主角納森・歐格仁（Nathan Algren）本是美國南北戰爭的英雄，在見證印第安兒童慘遭功利的長官屠殺後，其作為軍人的榮譽感卻罄盡無餘，從此泡在酒精裡，頹廢度日。在〈瞄〉中，卡夫寫歐格仁隨長官闖入印第安村落的一幕謂：

右眼是一顆子彈
上膛了

一個一個一個一個
倒地了

子彈上膛，右眼瞄準，殺人武器便機械式地把「一個一個一個一個」目標擊倒，不義亦無勇。歐格仁後來常常憶起這一場景，特別是在日本與勝元盛次（KATSUMOTO Moritsugu）作戰受傷後，歐格仁有一段時間無法用清酒麻醉自己，無法昏睡，就不斷想起屠殺的情境。卡夫的〈思念〉說：

左眼躺在右眼夢裡

失眠了

詩中的「右眼」和〈瞄〉呼應，歐格仁「夢裡」浮現的正是「一顆子彈／上膛了」這一謀殺舉動，教他愧疚，教他「失眠」，教他感到極深重的痛苦。誰想到，歐格仁的心魔卻在成為勝元盛次的俘虜後漸得驅除。卡夫在〈撐燈的哀傷〉裡寫道：

為了尋找一條在冬天不會冷凍的河

我離開母親

提一把刀

兩壺酒和一盞燈

走進冰封森林裡

狂舞的白雪

埋葬了來時的腳步

就像凍結體內血管般

冷藏我的歷史

我走在一個失去記憶的世界裡

看見許多凍僵屍體

或東或西躺著

如此寒冷天氣裡

除了一盞燈

一把刀

什麼都沒有

斷奶後
喝酒不是惟一辦法
為了守住這盞燈
左手的刀
刺右手的掌
喝自己的血……

首節所謂「離開母親」，是指歐格仁離開母國，前往亞洲。「為了尋找一條在冬天不會冷凍的河」在他而言，最初的意思是通過指導日本政府軍，獲取報酬，從而走出財務嚴冬的困境；但後來歐格仁的心靈受勝元盛次等人的武士道精神觸動，「尋找一條在冬天不會冷凍的河」遂變成了重獲軍人榮譽、擺脫屠殺心魔這一新目標。慣用槍炮的歐格仁在喝完最後「兩壺酒」後，終於「提一把刀」，跟氏尾（Ujio）學習劍道，讓傳統這盞「燈」持續引導——之所以說是「走進冰封森林」，因為按電影所述，歐格仁和勝元盛次他們待了整整一個冬天，而地點正是被森林環繞的偏遠山村。

歐格仁的「尋找」成效顯著，一冬「狂舞的白雪」如〈撐燈的哀傷〉第二節所言，「埋葬了」這位美國軍人「來時」消沉的「腳步」，「冷藏」了他不堪回首的「歷史」。軍隊長官殘殺印第安人時，歐格仁「看見許多凍僵的屍體／或東或西躺著」，這一幕曾令他飽受困擾，至此終於退場，讓歐格仁「走在一個失去記憶的世界」，除了武士道這「一盞燈」、揮舞時放下雜念的「一把刀」外，「什麼都沒有」——而山村的「寒冷天氣」，正好烘托他經歷淨化的一片冰心。

自山中的學習「斷奶」後，脫胎換骨的歐格仁不僅懂得了「喝酒不是惟一辦法」這個道理，還成為「守住這盞燈」的一員，與勝元盛次站在一起，共同守衛武士道價值。由於選擇了這一條路，歐格仁不得不與昔日的美國同僚，以及受過自己訓練的日本政府軍作戰，「左手的刀」將要「刺右手的掌」；他更預示自己將浴血沙場，「喝自己的血」，付上寶貴的生命……

勝元盛次的部隊以刀劍弓箭硬扛裝備榴彈炮、機關槍的政府軍，最終與斯巴達三百勇士一樣，全軍覆沒，勝元盛次也切腹自盡，壯烈成仁。卡夫在〈老兵不死〉原詩記道：

退守黃昏
最後的光成了過河卒子
每一寸時間都是焦土
看不見的火炮猛烈
要我向前的不知所終

活著只能坐在方格裡

…不需問
……不能問
………不該問

如一把尖刀挺進
——

——

——

來不及越過防線

身後黑夜來襲

「退」到山村、「守」著步入「黃昏」的傳統，勝元盛次「最後的光」——臨終的光芒是作為不回頭的「過河卒子」，奮力向槍炮成林的敵軍衝去。「每一寸」的前進都彷彿「焦土」，伴隨著身邊戰友的慘重犧牲；速度快得「看不見」的敵方火炮異常「猛烈」，剛才仍鼓舞勝元「向前」的朋友，轉眼間已被轟得「不知所終」。

接下來，機關槍讓武士們「一個一個一個一個／倒地」，勝元也被擊落馬下。仍然「活著」、尚未斷氣的他於是「坐在方格裡」，由受傷的歐格仁協助切腹，以維護武士的尊嚴。「不需問」、「不能問」、「不該問」，歐格仁深知勝元的心意，因此亦利落地「一把尖刀挺進」，結束了摯友的生命——從戰鬥的結果來說，勝元盛次「來不及越過防線」，就被「身後黑夜來襲」，殞命疆場。

對於勝元的結局，不同人自然有各異的看法。卡夫的截句〈末路〉或許代表了一種以成敗論英雄的聲音：

槍管多長

我的黑夜就多深

血就流多遠

影子　也不留下

雖然在電影的尾聲，天皇對勝元盛次表示出充分的肯定，但日本現代化的步伐絕不因而稍停下來；隨著社會改革，像勝元這樣的武士，終歸是連「影子　也不留下」。「槍管」在軍隊的普及不僅僅讓勝元「流」盡了「血」，更把他打進「黑夜」，武士刀的光榮自此掩蓋。

然而，據電影所述，勝元並未為自己的選擇感到後悔。卡夫〈落花〉寫出了一般人對花葉飄零的感傷，謂：

來不及美麗

風雨就來送葬

多麼想彎身和妳說　回家了

勝元卻視櫻「花」之「落」為大美，認為從中能體悟人生終必凋零的自然之道——儘管重振傳統的志業「來不及美麗」，儘管歐「風」美「雨」要為他「送葬」，他在瞑目前凝視一片紛飛的落櫻，含笑留下的，竟是「完美」這句遺言。他之「回家」，何等安然。

卡夫在〈守候今生〉裡即盛讚勝元：

你是孤島最長的黑

剩下一盞燈

也要點燃多情

就算來世也忘不了回家的路

《末代武士》的片頭說，古神將武士刀插入大海，拔出之時，落下水滴，水滴便變成日本島，而傳統的日本也可謂是少數武士的創造。堅持這種傳統到最後一刻的勝元盛次，當然堪稱「孤島最長的黑」，即使只剩他這「一盞燈」——如〈撐燈的哀傷〉所示，「燈」象徵武士道精神——他也要傾注熱血、「點燃多情」，視傳統精神為「回家的路」。

即使身死，步入「來世」，勝元仍不忘給天皇提醒。大戰之後，天皇從歐格仁手上接過勝元遺下的佩刀，感慨地說：「我夢想統一的日本能夠強大、獨立，走進現代。如今我們有了鐵路、大炮、西洋服裝，但我們不能忘記『我們是誰』、『我們從哪兒來』。」他這番「忘不了回家的路」的言論，自然是受著勝元的影響。

勝元盛次的歷史原型為西鄉隆盛（SAIGŌ Takamori, 1828-77）。按記載，西鄉雖於歿後遭朝廷褫奪官位，至明治二十二年（1889）即蒙特赦，獲追贈正三位官階，接著在明治三十年（1897）塑像置於東京上野恩賜公園內。卡夫〈雕像二〉寫道：

死了　還要站著

不允許躺下
試試天地的寬窄

在詩裡，卡夫讚歎西鄉隆盛的遺體儘管「躺下」，其「雕像」卻仍然「站著」，頂「天」立「地」，供人瞻仰，得到歷世的紀念，絕非如〈末路〉所說的「影子　也不留下」。這番肯定既適用於西鄉隆盛，同時可視為卡夫對《末代武士》勝元盛次的評價。

卡夫亦沒有忽略電影的最後一幕，他在截句〈我的存在〉裡說：

> 妳的聲音　幻千萬雙手
> 超度了累劫不能流盡的淚水
>
> 我的存在　無所謂悲傷

歐格仁的下場眾說紛紜，有人說他終因傷重不治，有人說他回了美國，而電影片段裡，他則是重返山村，與勝元盛次的妹妹多香（Taka）一起生活。回溯到歐格仁被勝元盛次生擒的初期，當時勝元安排多香照顧這名俘虜，但多香因丈夫死在歐格仁手裡，對後者心存芥蒂。要經過一輪磨合，多香才接受、原諒，並開始傾慕歐格仁。對歐格仁而言，從多香諒解的「聲音」，到她替自己穿上盔甲時「幻千萬雙手」的關愛，在種種細微互動中，歐格仁總是能感到無邊的溫柔，而「超度」了心靈的傷痛，其受著連番打擊的人生竟也慢慢變得「無所謂悲傷」起來。

《連城訣》的狄雲在「累劫」之後隱居雪山，最終由水笙的「聲音」和戚芳女兒小空心菜來「超度」，其「悲傷」或可漸漸淡化，「淚水」或可抹走；遁跡山村的歐格仁繼續聽多香的「聲音」、握她的「手」，「累劫不能流盡的淚水」應該也會止住，進入身心安舒的「存在」，「無所謂悲傷」地度其餘生吧。

憶往昔崢嶸歲月稠：
《卡夫截句》輯三的中國古典

我姪子被他爸爸養在五十六、五十七樓的豪華單位裡，案頭供著一套從來不翻的「中國四大名著」——《水滸傳》、《三國演義》、《西遊記》和《紅樓夢》。好書寂寞，我覺著實在可惜，但由於目力衰退，我也不便細閱這種大部頭的書。遠眺一下啟德機場的舊址，想著置身高海拔，我倒是吟起了卡夫的截句組詩〈香港高樓〉來。

第一章「高」：

向北
方能挺入越來越擠的天空

鳥也不能飛　風只可仰望

這章隱涉《西遊記》——第四回孫悟空駕雲而起，直抵凡「鳥」無法「飛」至、「風只可仰望」的南天門外，然後一路「向北」，到靈霄殿禮拜玉帝，要從後者那兒取得官職。可是，天宮仙浮於事，「越來越擠」，空缺根本不多。武曲星君稟告玉帝：「天宮裡各宮各殿，各方各處，都不少官，只是御馬監缺個正堂管事。」後者於是傳旨，授予孫悟空地位低微的弼馬溫一職，沒有把美猴王放在眼內。毛澤東（1893-1976）曾對陳立夫（1900-2001）譏諷國民黨的「剿共」政策說：「你們卻連弼馬溫也不給我們做，我們只好扛槍上山了。」

第二章「直」：

必須並肩　像閃電

插入這片正失血的土地

稍一轉身

北來的風就會攔腰切斷

這章對應《水滸傳》——北宋末年奸臣當道，人民飽受剝削，如梁中書為太師蔡京預備壽禮，竟至「誅求膏血慶生辰，不顧民生與死鄰」，使得偌大帝國，淪為一片片「失血的土地」。豪傑們因此「插入」[1]梁山，聚首一堂，「並肩」以霹靂手段、「閃電」攻勢，反抗不義的朝廷。可惜其後宋江傾向接受招安，「稍一轉身」，梁山的起義事業便毀於一旦，被「北來的風」——京城裡高俅、蔡京等煽起的歪風、邪風「攔腰切斷」。毛澤東曾評論道，「宋江投降，搞修正主義……這支農民起義隊伍的領袖不好」！

第三章「尖」：

---

[1] 可指晁蓋等人「插足」梁山，「插旗」建立勢力；亦可指二龍山、桃花山等團伙陸續「插隊」加入梁山，使之壯大。

萬箭齊放
都刺不穿正在變色的天空
也看不見陽光

這章指向《三國演義》——「萬箭齊放」轉自「萬箭齊發」，後者是桌遊《三國殺》的攻擊型卡牌。儘管劉備一再「萬箭齊放」，從荊、益二州進攻曹魏，其興復漢室之夢還是無法實現，「刺不穿正在變色的天空」。不是嗎？曹丕安然地接受了漢獻帝的禪讓，改元黃初，示意土德取代火德，漢之尚赤「變色」為魏之尚黃。劉備雖亦稱帝延續漢祚，但自東吳奪取荊州後，蜀漢前途黯淡，「看不見陽光」，一時間更難與曹丕爭持了。毛澤東謂：「劉備沒有區分與處理好主要矛盾與次要矛盾的關係，在謀略中沒有抓住主要矛盾……見關羽被殺，荊州丟失，遂起兵攻打東吳，眾臣苦諫都不聽，實在是因小失大。」

〈香港高樓〉的第一章是「高」，呼應毛澤東指國民政府給共產黨的待遇不「高」；第二章是「直」，呼應毛澤東指宋江的起義不能一「直」走到底；第三章為「尖」，呼應毛澤東斥劉備的戰略目光不夠「尖」銳。到〈香港高樓〉第四章，卡夫只給出題目，即：「…………」。原來毛澤東曾對許世友（1905-85）說：「你現在也看《紅樓夢》了嗎？要看五遍才有發言權呢。」卡夫長長的省略號，既可表示仍在默默地、持續地閱讀《紅樓夢》，也可指因為尚未讀夠五遍，所以不敢開口評論——如是者，〈香港高樓〉四章與中國四大名著逐一對應，也處處與毛澤東的說法相合。

讀古人詩，毛澤東喜歡唐朝「三李」——李白、李賀（790-816）、李商隱（約813-約858）；與〈香港高樓〉同收《卡夫截句》第三輯的〈髮的紀事〉，即是與李商隱息息相關之作。

首章「髮的印象」：

纏住那等待釋放的眼睛
風裡　把我
盪來
　　盪去

轉化自李商隱的〈無題（八歲偷照鏡）〉：「八歲偷照鏡，長眉已能畫。十歲去踏青，芙蓉作裙衩。十二學彈箏，銀甲不曾卸。十四藏六親，懸知猶未嫁。十五泣春風，背面秋千下。」女子年已十五卻未許配予人，長眉下的一雙「眼睛」自是「等待釋放」，盼望著美好的姻緣；她在「風裡」坐到鞦韆上，「盪來／盪去」，卻忽然想起自己的命運簸盪無定，於是急走下來，背對鞦韆，一顆心被擔憂和代表三千煩惱的「髮」緊緊「纏住」了。

第二章「髮之戀」：

路　越走越蕩漾
站著　也很淫蕩
妳不在乎
任我香氣中消散

唐人李郢為大中十年（856）進士，嘗撰〈贈李商隱贈佳人〉謂：「金珠約臂近笄年，秋月嫦娥漢浦仙。雲髮膩垂香採妥，黛眉愁入翠連娟。花庭避客鳴環佩，鳳閣持杯泥管絃。聞道彩鸞三十六，一雙雙映碧池蓮。」大概李商隱對那位佳人有意，看著其飾以金珠的手臂、秋月嫦娥之美貌，覺著其黛眉雲「髮」都散發「香氣」，李商隱的心「路」禁不住「越走越蕩漾」起來，尋芳不覺醉流霞。女子被盯得怪不好意思的，彷彿「站著　也很淫蕩」，於是不理會、「不在乎」客人的心情，急急「花庭避客」，走開了，只留下「香氣」，任李商隱對「髮之戀」的期待「消散」。

第三章「像我這樣迷戀長髮的一個男子」：

整個下午都在髮裡流浪
等待風起
捲我　上岸

李商隱寫過〈春日寄懷〉：「世間榮落重逡巡，我獨丘園坐四春。縱使有花兼有月，可堪無酒又無人。青袍似草年年定，白髮如絲日日新。欲逐風波千萬里，未知何路到龍津。」他慨嘆出任秘書省正字、穿著九品青袍已有四年，空費時日，徒添白髮，「整個下午」象徵壯盛歲月，「都在髮裡流浪」表示找不到升遷的道路。李商隱亟盼「風起」，可以把他「捲」到龍門，鯉躍翻身，不再沉淪下僚，可以登「上」顯達的仕途之「岸」[2]。

我姪子問我誰是李商隱，我說那是我十三歲目力衰退前最後看的作家。姪子又問我他會不會目力衰退，我說那要看問的「他」是指誰。我們的高樓，就傍著一髮青山；半壁紅日，曬得空氣正疲疲

[2] 唐朝有重視功利的時代精神，李商隱的求進可算是這種精神的折光。但同時，李商隱有名句云：「永憶江湖歸白髮，欲回天地入扁舟」，又道出這位「迷戀長髮的一個男子」，亦有其全心挽救社稷、不慕虛榮俗利的一面。

軟軟的。我撕下《三國演義》的首頁，果然，「誤讀」總得找上李商隱，不能讓他缺席呢[3]。

---

3 承接上一注腳，李商隱〈安定城樓〉詩首句為「迢遞高城百尺樓」，第五句為「永憶江湖歸白髮」，正好隱含了《卡夫截句》輯三〈香港高樓〉和〈髮的紀事〉這兩個題目。

兩岸三地的迴響：
卡夫〈鐘〉「誤讀」

我弟總愛唱反調，硬說卡夫的〈鐘〉有不滿中共的意味：

01

獄卒來回走動
計算著釋放我的時間

02

獄卒來回走動
尋找著自己的空間

03

獄卒來回走動
計算著我們之間還有的距離

弟弟說：「獄卒象徵香港回歸後親中的管治者，他們犧牲本土利益，盤踞高位，是中共勢力下的『獄卒』，睥睨被監督、命運被操縱的港人。這些香港官員趾高氣揚，自認為高人一等，像〈約伯記〉（"Book of Job"）『從地上走來走去，在那裡往返』的魔鬼一般『來回走動』，以上位者之尊，說是『計算著釋放』市民的時間，其實從無心替利益受損的市民鬆綁，也無意解決社會問題。

但漸漸，高官們發現香港的自由愈縮愈窄，前景愈來愈不明，他們亦急急『尋找著自己的空間』，想想撈盡最後的油水後，要移民到甚麼地方去。但中共豈會輕易讓這些棋子走脫？他們『來回走動』，終於發現自己與一般港人無異，都是俎上肉，所謂『我們之間還有的距離』，基本上，是沒有的。

詩的題目是〈鐘〉，在〈香港・速寫〉一詩後，卡夫便配上了『鐘』樓的照片。〈鐘〉以香港為影射對象，可謂是證據確鑿，不容置疑。」

呸！真是一派胡言，聽得我肚皮都要氣破，先給了我弟兩個嘴巴，再用一手好拳棒教訓教訓他。回一回氣，坐定了，邊吃著饅頭我邊解釋道：「『獄卒』是公僕，為人民服務，對維持治安有所貢獻，其形象正義之極。

他往還踱步『來回走動』，所念茲在茲的，乃是解放資本主義下受苦受難的同胞，殫思竭慮地『計算著釋放』海峽另一邊民眾的時機。題目的『鐘』，實指製定祖國統一的『時間』表。

當實現統一的風聲漸緊，『獄卒』就懇切地『尋找著自己的空間』，盼望找出最適切的崗位，為解放行動獻出一分力。他一直『來回走動』、『來回走動』，實在是太焦急，也太興奮了！他『計算』著自己與海峽另一邊人們『之間還有的距離』，盼望早日混一宇內，再建盛世。

余華（1961- ）《活著》寫二十世紀五十年代一名改稱『隊長』的村長說：『這鋼鐵能造三顆炮彈，全部打到臺灣去，一顆打在蔣介石床上，一顆打在蔣介石吃飯的桌上，一顆打在蔣介石家的羊棚裡。』卡夫筆下的『獄卒』，正是像這位隊長的志士。」

弟弟無精打采地收起飯菜，嘴裡自言自語：「這是怎麼一回事呢……」終於慢慢地走了。走不上二三十步遠，忽聽得背後「噹」的一聲——張開兩翅的鐘，響了。

輯三

奇妙醬：
卡夫截句詩集《我夢見》讀後

卡夫第二部截句詩集面世，輯一「我思・我夢」、輯二「我夢・我見」，令人想起尤利烏斯・凱撒（Julius Caesar, 100BC-44BC）給羅馬元老院的著名捷報：「我來，我見，我征服」（VENI VIDI VICI）。卡夫有「字淨空後／躺哪裡都是詩」（〈其實・不難〉）的頓悟，但更多時候，他自謙寫作如「刮淨血肉」，過程需搜腸刮肚，甚至自嘲有一枝「不舉的筆」（〈寫詩〉），難及凱撒長驅（軀？）直入、勢不可擋[1]。

但凱撒在戰場上的一往無前，及其在盧比孔河畔的另一豪言：Alea iacta est（骰子已經擲下，只能繼續前進），亦令我想到「明確」和「單一」——這兩者均是卡夫截句詩所銳意「征服」的。他把骰子擲下，骰子卻永不停定，我說是「一」，你說是「零」，她說是「六」，他甚至說是「九」。莫衷一是嗎？這正是詩多義的魅力，反對帝制。

不舉點例，會被責怪咋不舉的。

且聊聊卡夫的「兩岸三地」組詩，其一〈香港・速寫〉云：「明明伸手不見五指／還要捉住黑　插進去／直到一陣陣心痛／／

[1] 我在臉書引用容祖兒（1980- ）〈心淡〉的歌詞，以「來回地獄又折返人間」形容生病之苦，卡夫即回應謂「寫詩也如此　折磨」。

醒來」。我老友說：「鄧小平（鄧先聖，1904-97）承諾香港回歸祖國懷抱後，『馬照跑，舞照跳』。後一句話，江湖傳聞實為『雞照叫』的委婉說法。卡夫藉此發想，寫一名港人在『伸手不見五指』的昏黑房間嫖妓，『捉住』皮膚黝『黑』的北國佳麗，以陽物『插進』陰戶，發洩獸慾；可當那港男肉體滿足之際，精神空虛又湧上心頭——這種花錢裝大爺的日子還能有多少呢？神州大地一片好景，經濟發展超前香港，住房更不用說，而自己在香港做牛做馬，還是搵朝唔得晚！想到這裡，自然虛榮感盡失，『一陣陣心痛／／醒來』。不是不許你香港人『雞照叫』，而是都沒底氣『雞照叫』了。」

其二〈幻覺・臺灣〉：「槍斃妳的聲音／妳在所有眼睛裡啞了／／他們假設著／這世上只有他們一張嘴巴」。我老友續分析道：「這是寫『2016年中華民國總統選舉』，宋楚瑜（1942- ）亂開玩笑：『要是在戒嚴時代，就把你們槍斃了；不過，我會特赦你們。』本想顯示親民，卻反而勾起大家對其黑歷史的負面回憶。試想像宋楚瑜一位罕見的年輕女支持者，她聽見這話，在旁人異樣的『眼睛』中，恐怕也得『啞了』，很難找甚麼替宋先生解圍的話。朱立倫（1961- ）呢？同屬國民黨的胡筑生（1948- ）、林郁方（1951- ）、丁守中（1954- ）連番失言，『朱立倫與演藝界有約』活動又有藝人喊出『年輕人懂個屁』來，彷彿『假設著／這世上只有他們一張嘴巴』，絲毫不用顧慮大眾感受，自然無法爭取最大程度的支持。」然則卡夫是支持蔡英文（1956- ）了？我老友說：「那倒不是。〈香港・速寫〉是香港前置，另外的〈中國・印象〉也是中國前置，唯獨〈幻覺・臺灣〉把『幻覺』放在『臺灣』前，暗示民進黨上台會好，純屬『幻覺』。卡夫在開地圖砲。」

其三〈中國・印象〉這樣寫：「文字，揭竿起義後／／活活被埋在文字裡／成為精神病院裡語無倫次的／X檔案」。我老友小聲說：「這裡講的，是中國的汶川大地震。『豆腐渣工程』連累在學幼童被『活埋』，家長們群情洶湧，上街請願，以『文字』表達訴求，『揭竿起義』式地向為政者追究責任；一些民間人士更自發整理遇難學生名單、調查工程問題，再轉發有關『文字』。他們的『文字』首先是被官方讚揚救災的其他『文字』覆蓋，『活活被埋在文字裡』；稍後，情緒激動的家長被斥為『精神病院』的失控者，連說話都『語無倫次』，而追查工程責任者更被開設『X檔案』，遭控以『煽動顛覆國家政權罪』，『起義』慘淡收場。」聽到這裡，我暗嘆卡夫大膽，老友卻說：「不過，這首詩其實是反話正說。它的題目標明『印象』，實際批評的是外媒專挑負面消息來報導，企圖塑造中國政府草菅人命的虛假『印象』[2]。余秋雨（1946- ）在汶川地震後便曾撰文謂：『那些已經很長時間找不到反華借口的媒體又開始進行反華宣傳了……一些對中國人歷來不懷好意的人，正天天等著我們做錯一點甚麼呢。』」

以上我老友對「兩岸三地」系列詩作的解讀，與我所想差天共地，和正在讀此文的你應該也不一致，跟卡夫的原初想法更可能背道而馳。但不可否認，老友的詮釋確實建基於截句詩的文詞，而卡夫亦很歡迎這種以意創造的「誤讀」。卡夫只負責擲骰子，即使骰子向上一面不是他本來想要的點數，他倒也欣然接受——這是真正明瞭詩具複義的藝術家[3]。

[2] 似乎為了證明這一「誤讀」是對的，卡夫剛剛發帖說：「何謂真相？很多時候，我們只會相信自己看到的東西。可是換個角度的話，事實未必是我們看見的那樣。」他提醒我們，不要被刻板的「印象」蒙蔽。

[3] 從《我夢見》輯三大量收錄余境熹的「誤讀」可見，卡夫對各種詮釋兼容並蓄，非

受到老友的啟發、卡夫的鼓勵，我也隨興試釋卡夫的幾首截句作品。《我夢見》中，「那孩子」系列頗叫我喜歡，大概年輕時男子的靈性總因異性而高揚，所謂「永恆之女性，引導我們上升」；但男人到中年，就往往需靠天真無邪的兒子來洗滌飽經污染的心靈了。卡夫〈你的眼睛〉寫道：

閃動著像天使的翅膀，領我
穿過擱淺已久的天空

站在彩虹中，我的夢境變得
年輕

孩子有如「天使」般純潔，引領心靈早已不像「天空」般澄澈、思慮複雜、不敢在遼闊的「天空」為夢想飛翔的父親重新踏上「彩虹」，讓後者「擱淺已久」的頹唐心境，竟也能再一次「變得／年輕」起來。「誤讀」的版本嗎？湯瑪斯・曼（Thomas Mann, 1875-1955）《魂斷威尼斯》（*Death in Venice*）寫老作家愛上「閃動著像天使的翅膀」的美少年，「擱淺已久」的慾望便重新起飛，在同性之愛的「彩虹」裡，不獨「夢境變得／年輕」，連裝扮也刻意想「年輕」一點，最後呢？不劇透了。

我還是小孩之時，父親出門，我在十七樓喊已下樓的他，父親聽見，就回頭上望十七層，與我說再見。後來我漸漸長成青年，跟父親說最多的一句話，卻是：「阿爸，八達通要增值。」[4]卡夫

常開放地接受不同的觀點。

[4] 八達通卡類似新加坡的易通卡（eZLink）、臺灣的悠遊卡，為通用於香港的電子貨

〈你的聲音〉道：

我的時間充滿你的聲音

長大後，記得沿著聲音找我
即使我聽不見喊聲
也心滿意足地啟程

他把「時間」都給孩子，孩子的哭聲、笑聲、吵鬧聲、讀書聲，聲聲入於耳，其「時間」自然是「充滿」了孩子的「聲音」。孩子長大，父親希望他「沿著聲音」，還「記得」父親當時和自己的親、對自己的好；但孩子即使像我那樣，和爸爸話愈來愈少，以致爸爸「聽不見喊聲」，慈父卡夫還是肯「心滿意足地啟程」，放飛孩子，任孩子獨立，而不求回報——這種放手讓孩子踏上自己道路的胸懷，今天我有十數名兒子，當然也深有所感。法蘭茲・卡夫卡（Franz Kafka, 1883-1924）寫過〈十一個兒子〉（"Eleven Sons"），他應該也懂卡夫的。

〈你的眼睛〉和〈你的聲音〉談到小孩子，卡夫的〈童畫〉亦是富於童趣：

只有她敢在天空塗鴉
笑著說　雲髒了

幣。不懂這些沒關係，有做權貴的潛質。

天下雨了

她在給雲洗臉

向藍天「塗鴉」，說是「雲髒了」；到「天下雨」，說是「給雲洗臉」，這些都是孩童的「誤讀」、孩童的創意。香港的公開考試裡，卻有題目說媽媽指鄰居晾出「髒」衣服，女兒去把自家的窗抹乾淨，才發現「髒」的原來不是別人，而係自己的窗戶，繼而問考生：應該「如何消除偏見」。其實換個角度，題目中的媽媽是個保持童心的詩人，根本不必消除「偏見」。肯尼・羅賓森（Ken Robinson, 1950- ）的演講〈學校扼殺了創意嗎？〉（"Do Schools Kill Creativity?"）談的也是這個話題[5]。

同樣是孩子，卻不一定有同樣幸福的命運。香港組合Shine的〈曼谷瑪利亞〉就唱過：「紅燈區　抬頭都不見星　遊人花幾百銖買她　一身純情　文華裡　仍然高高興興　頑皮的她叫我用愛對天作證」，兩個都叫瑪利亞的人，一個在香港的高級酒店悠哉，一個在曼谷的街頭出賣肉體和鮮花。卡夫的〈落花〉寫道：

來不及美麗

風雨就來送葬

多麼想彎身對妳說回家了

[5] 我老友的意見與我不同，他說：「香港的民主派人士常常胡亂攻擊政府，無端製造爭議，鎮日『在天空塗鴉』，然後卻出來責怪『雲髒了』，反指香港政府令社會不和諧。到有功可領時，他們又忙不迭走出來，說是自己功勞，彷彿天能『下雨』，也是靠他們『給雲洗臉』。最近香港因受十號風球影響，教育局宣佈風後全港停課，民主黨便邀功說這是他們爭取得來的成果。卡夫詩的『她』，或是專指民主黨的黃碧雲（1959- ）。」姑妄聽之。

可是，我不能

這首在《卡夫截句》裡原無最後一行，《我夢見》中重新綴上，詩意陡轉，頗能增加戲劇效果。詩寫的是異國雛妓「來不及」展開「美麗」人生，就因生存的「風雨」而葬送掉純真；旅遊的卡夫與她碰上，憐憫心起，本想「彎身」對她說要替她贖身，並帶回家去照顧[6]，後來冷靜一想，哎，還是「不能」。原因何在？參考石井光太（ISHII Kota, 1977- ）的紀錄，孟加拉首都達卡市的成年流民遊說小孩子賣春，小孩子因而遇上有戀童癖的虐待狂，被拿針刺、打屁股、抽血，有的陰戶還被塞進石頭，事後需要注射毒品來止痛，但小孩子們仍視成年流民為家人，相處得和和樂樂，甚至反過來安慰後者。石井光太大感疑惑，嚮導卻說：「他們知道小孩必須出賣肉體才有飯吃，也了解被擁抱的感覺很開心。而且，他們非得如此才能生存。一切都是必要之惡。」[7]這種生態，倒不是拿出錢來，就能令所有人滿足和幸福的。

另一個原因，更加直接，理應是妻子反對了。這很正常，並非寡恩——石井光太很同情被虐待的一位女孩子，女孩子卻在感受到石井的愛後要求與之發生關係；觀念上的差異，把石井嚇得無所措手足，卻仍知道勃起。為了防患於未然，卡夫妻子自然要中斷丈夫悲天憫人的詩家情懷。卡夫的〈她〉寫道：

---

6 這正正回應了〈曼谷瑪利亞〉所唱：「人人自鳴充滿熱情　看對象是誰吧　愛不愛　我都可以關心一下」、「平時是誰得意自豪　我最易動情吧　那位她　有沒有人　幫她一把」。

7 石井光太（ISHII Kota），《神遺棄的裸體——禁制的性，伊斯蘭世界的另類觀察報告》（『神の棄てた裸体－イスラームの夜を歩く』），蔡昭儀譯（新北：大牌出版，2014），260。

看見她擠了進來

我的詩提早結束

詩人顧念眾生，妻子的介入卻讓詩人滿溢的關愛「提早」收攤，那不怕一萬、只怕萬一的婚外之戀如「詩」浪漫，也得提前打烊。如此看來，卡夫之妻也是位「截句詩人」，她不要的詩行、不要的後續發展，她會親手截掉，不許滋長。當然〈她〉亦可理解為：由於詩人有了美滿婚姻，精神生活無有匱乏，太過幸福，因而也難有文學創作的動機，「詩」只好「提早結束」了。是的，詩窮而後工，詩少好老公。

卡夫不窮，所以有時靈感不找上門。那麼，就先看看別人的作品，吸收點養分去吧。《我夢見》中，有幾首截句詩便是從其他文學著作取經的。例如「那女子」系列的〈來生〉：

前世倚門而立的女子

今生從這門闖了進去

女子留下那雙繡花鞋

從另一扇門逃了出去

女子「倚門而立」，從前諒必依附於人，有所等待，今世卻「闖了進去」，選擇冒險，擺脫束縛，呈現一種巧妙的對比關係；連象徵傳統的「繡花鞋」，現在也要找一扇門「逃了出去」，覓尋新路，整首詩有著頗為明顯的、女性自主的味道。這一主調，結合題目，令我想及李碧華（李白，1959- ）顛覆傳統的小說《潘金蓮之前世今生》[8]。無獨有偶，《金瓶梅》曾多次提及潘金蓮的「倚門」[9]，與卡夫〈來生〉的開場相似。那麼〈來生〉的「繡花鞋」呢？《金瓶梅》第四回王婆教西門慶去捏潘金蓮的「繡花鞋頭」，展開挑逗；第六回西門慶脫下金蓮「一隻繡花鞋兒，擎在手內，放一小杯酒在內，吃鞋杯耍子」，情興漸濃；第二十七回西門慶又將金蓮「紅繡花鞋兒摘取下來」，再把她拴在葡萄架上合歡，交接激烈；事後那「繡花鞋」輾轉落到陳敬濟之手，金蓮就又有了新的婚外戀情……「繡花鞋」的情節落實了潘金蓮的蕩婦形象，《潘金蓮之前世今生》卻「逃了出去」，另闢蹊徑，改以「白球鞋」象徵潘金蓮轉世為單玉蓮後的單純。

卡夫「那女子」系列的另首詩作為〈植物園〉：

坐著　　紅唇　　　躺著
仰著　　花叢裡　　站著
　輕輕　快門　按下
成為詩集裡不褪色的書籤

常言道「牡丹雖好，終須綠葉扶持」，而詩中的「紅唇」一片，卡夫動員了整座「植物園」來襯托，不可謂不大手筆。據卡夫

[8] 限於篇幅，其分析請見胡慶雄、呂彧，〈悲劇的輪回——《潘金蓮之前世今生》「潘金蓮」形象新解〉，《世界華文文學論壇》3（2006）：65-68。

[9] 例如第二回：「芙蓉面，冰雪肌，生來娉婷年已笄。裊裊**倚門**餘。梅花半含蕊，似開還閉。初見簾邊，羞澀還留住；再過樓頭，款接多歡喜。行也宜，立也宜，坐也宜，偎傍更相宜。」第六回：「當日西門慶在婦人家盤桓至晚，欲回家，留了幾兩散碎銀子與婦人做盤纏。婦人再三輓留不住。西門慶帶上眼罩，出門去了。婦人下了帘子，關上大門，又和王婆吃了一回酒，才散。正是：**倚門**相送劉郎去，煙水桃花去路迷。」第十二回：「惟有潘金蓮這婦人，青春未及三十歲，慾火難禁一丈高。每日打扮的粉妝玉琢，皓齒朱唇，無日不在大門首**倚門**而望，只等到黃昏。」

形容，這女子在植物園的花叢中寫意地「坐」、「仰」、「站」、「躺」，一舉手一投足都有詩意的感覺，只要輕輕按下快門，就是亮麗、「不褪色」的一幀幀美照。西西（張彥，1938- ）寫過一篇小說〈碗〉，主角葉蓁蓁在辭去教師工作後，愛到動植物公園親近自然，或「坐」在長椅上吃乾麵包，或「仰」頭望樹、望天空，皆是自在寫意，自得其樂；她用肉眼的「快門」，詩意地記下各種動植物的特點，又拿來與腦海中書本雜誌裡的圖片相印證，眼前的七星楓、美洲虎，因而都變成「不褪色的書籤」。補充一下：如果把〈植物園〉視作一首圖象詩，它除了像綻放的植物外，其實也像一隻「碗」；而「那女子」這系列名，又與收錄〈碗〉的小說集《像我這樣的一個女子》相似[10]。卡夫與西西之間，因而也有了微妙的聯繫。

這時記起老友解釋卡夫〈讀史〉，他說該詩也是取資於他人之作：

刺穿身體
血在黎明前流光
路就能亮起來

一條老蛇正好穿過五千年這一夜

老友云：「〈讀史〉的頭兩行寫不惜犧牲、流盡鮮血，乃對

[10] 卡夫在其小說《我這濫男人》裡提到，小說的原名應該是《像我這樣的一個「濫」男人》；《卡夫截句》裡的組詩〈髮的紀事〉，第三章題為「像我這樣迷戀長髮的一個男子」。以上兩項，都與西西的《像我這樣的一個女子》相似。

應魯迅〈自題小像〉的末句『我以我血薦軒轅』。魯迅所處的環境，外有帝國主義的貪婪入侵，內有封建主義的殘暴統治，形勢黯淡，正如〈自題小像〉所寫，乃『風雨如磐暗故園』；與之相侔，卡夫盼望血『流光』後，『路就能亮起來』，為的便是驅除中國深重的陰風黑雨。可是〈讀史〉的最後一行，『蛇』出現了！在西方傳統中，牠是攫奪成果、使人不幸的象徵，如《吉爾伽美什史詩》（*Epic of Gilgamesh*）和《聖經》（*Holy Bible*）的『蛇』都令人失去永生。卡夫借用西方典故，指歷經『五千年』的中國在今日已無封建統治，卻猶有外國勢力虎視眈眈、從中作梗、陰謀破壞。帝國主義亡我之心不死，『讀史』之餘，更要提防當下。」他壓低嗓子補充：「明白這些，我們對卡夫的『叛亂時代』組詩，也可有截然不同的解釋了。」老友真是個高度政治化的人，但感謝他讓我看見卡夫截句詩如何兼容中西的故典。

〈詩念〉比較特別，可能還涉及粵語流行曲。余城旭（1998- ）自私看2018年11月7日的「拉闊音樂會」，見到了麥浚龍，這事令我很羨慕嫉妒恨，不得不在此寫上一筆。〈詩念〉云：

心上加了一把鎖
時間蹲在那裡虎視眈眈

生鏽的鑰匙和鎖在裡頭的哭聲
一樣古老

如果仍從參照文學作品的角度去想，這首詩不難與郭良蕙（1926-2013）《心鎖》的內容甚至該書被禁的經歷互聯。由於《心鎖》在其發表的二十世紀六十年代算是意識大膽，臺灣的行政機關和一些作家爭著給它「加了一把鎖」，將之查禁，直至八十年代中期才許其重新出版，逾二十年「時間」內，一直對之「虎視眈眈」。《心鎖》被禁，書中所寫的女性情慾仍是被社會「鎖在裡頭的哭聲」，不容公開討論；而父權社會以「生鏽的鑰匙和鎖」——守舊的觀念——制約女子，迫她們掙扎在道德的枷鎖下，這真是一個「古老」卻不滅的現象呢。卡夫的《我夢見》詩集，點算至此，實有李碧華、西西、郭良蕙的蹤影在。

到麥浚龍這邊，自然可提到〈耿耿於懷〉、〈念念不忘〉等名曲。卡夫的「心上加了一把鎖」、「生鏽的鑰匙和鎖在裡頭的哭聲」，對應〈耿耿於懷〉的「生鏽的鎖不能開」和「鑰匙也折斷了　留在舊患所在」；〈詩念〉的「時間蹲在那裡虎視眈眈」，對應麥浚龍〈念念不忘〉所唱的「十年又過去」。確實是十年過去，時間迫人遺忘所愛，麥浚龍卻喊出：「吻過二十年還未寒　離去六十年仍熱燙」，他為舊情而發出的「哭聲」，與時光一同變得「古老」，卻亦一同不滅。卡夫詩時常向流行文化取經，舉凡動漫、電玩、電影、歌曲等，皆入其詩囊之中，讀〈詩念〉後，這方面的例子應該說是又增一首。

談起流行文化，初讀卡夫只有兩行的〈影子〉，或許會想到《海賊王》的「恐怖三桅帆船篇」——月光・摩利亞（ゲッコー・モリア）剪掉別人的「影子」，再將「影子」植入屍體之中，就能讓死者回魂，變成臣服於自己的士兵。他企圖編組不死的殭屍軍團，借助外力，安安逸逸地登上海賊王的寶座，卻不料「在最靜的黑裡」，年紀輕輕的魯夫竟敢對其發起挑戰。魯夫等人在大如島嶼的巨型帆船上大鬧特鬧，令摩利亞舉止失措；其他失去「影子」的人們由是「看見」希望之「光」徹夜「喧嘩」，就都挺身而出，與魯夫同討摩利亞。卡夫〈影子〉原詩謂：

在最靜的黑裡　看見
光開始喧嘩

但日本不僅有二次元的動漫，更有近年火速崛起的「2.5次元舞台劇」。我所親歷的多場演出，就都能與卡夫〈影子〉疊合。例如幕張公演的《黑塔利亞舞台劇FINAL LIVE》（*Hetalia FINAL LIVE ~A World in the Universe~*）開場時，背景音樂忽然停止，燈光全都關上，「在最靜的黑裡」，人山人海的觀眾立刻亮著手燈，發出歡呼，讓「光開始喧嘩」，大屏幕隨即播出長江崚行（NAGAE Ryoki, 1998- ）、上田悠介（UEDA Yūsuke, 1989- ）等主要演員耍帥的鏡頭，接著是各人的「影子」留在螢幕，其他舞蹈藝員的「影子」出現在前台，蓄勢待發，正劇馬上要展開[11]。

粵語有較粗鄙的提問方式，如「搞乜春」、「做乜春」，意思是「搞甚麼鬼」、「幹甚麼」。文雅一點，「春」可以令人想到「慶曆四年春，滕子京謫守巴陵郡」，可以令人想到「春，齊師伐我」，也可以令人想到深情獻唱〈Zombie〉的李宇春（1984- ），而我則想到陪兒子追了「2018春季番」的《男神執事團》（『Butlers～千年百年物語～』），浪費了十二週。卡夫的截句詩〈春〉亦有動

[11] 另外杉江大志（SUGIE Taishi, 1992- ）初座長的舞台劇《高校星歌劇》（*High School Star Musical*）在演員們謝幕三次後，台上的主要燈光都被關掉，場地甚至播出請觀眾帶好隨身物品的提示，看來快要進入「最靜的黑」了，觀眾們卻仍不忍離去，持續鼓掌，結果杉江大志第四次出來謝幕，燈「光」再啟，北川尚弥（KITAGAWA Naoyo, 1995- ）更公主抱櫻井圭登（SAKURAI Keito, 1993- ）返場，惹來現場一陣陣「喧嘩」歡呼。

漫電玩元素可供發揮，全篇謂：

> 走動的風裡甚麼都沒有，除了
> 若隱若現的春色
>
> 如果剝開風
> 我能不能看見全裸的妳

直覺告訴我，這是寫《快打旋風》（*Street Fighter*）的高人氣女性角色春麗（チュン・リー）。春麗樣子甜美、身材驕人，所穿的藍色旗袍開衩及臀，煞是性感；當使出「空中百裂腳」、「回旋鶴腳蹴」等必殺技時，不獨會掀起一股「走動的風」，更讓小旗袍一同掀起，透出「若隱若現的春色」。少年人血氣方剛，一邊打電玩，一邊也對春麗充滿遐想，構思「如果剝開風」，抹走「空中百裂腳」遮蔽重要位置的腳風特效，也許便能「看見全裸」的春麗。妄想。忘想。

卡夫的〈圍牆〉單看題目，不妨比附於卡夫卡的《城堡》（*The Castle*），兩者均是所指不定的主題級意象，若務必要一個精確的解釋，那就太泥太腐，也限制了藝術的可能。先引卡夫的〈圍牆〉如下：

> 夢　墊高後
> 手　伸不出去
> 腳　四處在找眼睛

……

按卡夫卡寫過些耗子與貓的故事，〈小寓言〉（"A Little Fable"）說耗子跑到兩面牆的中間，沒料到牆壁卻忽然合攏起來，牠怕被逼得「手　伸不出去」，只好落荒而逃，忙亂下竟誤入了貓的陷阱；在中譯本訂題為〈貓與鼠的對話〉這一篇裡，卡夫卡則寫耗子對抓到自己的貓說：「你的眼睛好可怕。」貓故作好心地表示給耗子一個轉身離開的機會，但誰都知道，耗子的「腳」再快，畢竟快不過貓，無論使出多大力氣，還是「四處在找眼睛」，處處躲不過貓追蹤而至的可怕目光，最終必被一口吞下，在「……」的小聲哀鳴中斷氣[12]。

我的一個兒子卻跟我提起BL漫畫，說某篇的男主角視老師為「夢」中情人，於是躲在廁所的「牆」洞後，「墊高」屁股，吸引老師來做奇奇怪怪的事，過程中折騰得四肢抽搐，「手」都「伸不出去」；偏偏原來老師沒來，在牆後的是位管雜物的老校工，男主角恢復氣力後，就用「腳　四處在找」，最終在老校工深藏曖昧神情的「眼睛」裡，得出了令自己失望的真相。卡夫詩多有動漫元素，我兒子的這種解讀，又讓《我夢見》與日本漫畫的聯繫增加一些，但卡夫和我確實都不懂[13]。

---

[12] 葉廷芳編，《卡夫卡短篇傑作選》，254-55。

[13] 我的另兩位兒子別有新解，一位說順接著《快打旋風》春麗的部分，〈圍牆〉寫的是某宅男「墊高」枕頭，學習Photoshop修圖技巧，真的想P走春麗的腳風，一睹美女的秘密花園；但後來道德的「圍牆」還是把他攔住，叫他克制自己，管束自己，以致「手　伸不出去」；唯獨「眼睛」的慾望猶在，忘不了緊盯春麗的美腿，在雪白的肌膚上「四處」游移。另一位孩子說，《神鵰俠侶》有小龍女遭甄志丙玷污的情節，甄志丙先將小龍女的頭「墊高」，方便親嘴；小龍女則因被點了穴，「手　伸不出去」，只得承迎接受，無法推拒；到小龍女想看清來者何人時，能夠黑夜視物如同白晝的她卻因雙眼被布蒙著，以致「四處在找」，也看不見攀上自己身子那人

催動大家寫稿的是出版過散文集《慢活人生》的白靈。他慈祥溫藹，暖男一名，反使人不好意思推卻，天南地北，於是都有截句詩付梓的佳音。據〈飛〉所示，卡夫曾趕稿趕得右手發麻，要用「左手拉直右手」，才能繼續「練習」書頁上「整晚」的「飛翔」。但此刻卡夫已經交稿，順利「給夢尋找出口」，我卻好像仍欠白靈許多。哎，唯有與潘港浩（1994- ）點兩份意式全餐，配一碟凱撒沙律，加上卡夫奇妙醬[14]，定定驚。這時發現「截」句，原來又是趕及「截」稿之句了。

搖搖骰子，是為序。

的「眼睛」。他們的解讀，再次證明了卡夫詩的多義，詮釋時不必定於一尊。

[14] 奇妙醬（Miracle Whip）是食品公司卡夫亨氏（The Kraft Heinz Company）的產品。本篇的題目除了對應「卡夫奇妙醬」這個梗外，「醬」可解為「這樣」（合音）、「先生」（日語），意指卡夫截句「這樣奇妙」，在解讀上變化多端，而詩人堪稱「奇妙先生」，創意無窮。

多向度的暴力美學：
讀卡夫《我夢見》

卡夫於2018年5月傳來短訊，說正以「暴力美學」為主題，創作新的截句詩集。他在11月完成的《我夢見》，即以「戀屍書寫」和「狂而不歡」貫穿各篇，予人不一樣的審美經驗，頗有創獲。

何謂「戀屍書寫」？這得先由心理學上的「戀屍癖」說起。新佛洛依德主義宿將埃里希・弗羅姆（Erich Fromm, 1900-80）曾在《人心》（*The Heart of Man*）一書述及具戀屍癖者的種種精神表現[1]，程度由淺至深，包括：

（A）喜歡機械和不能成長的東西；

（B）傾向將事物數據化，敏感於經濟議題[2]；

（C）是法律、秩序及強權的忠實信徒，以之主宰生命；

（D）只知懷緬過去，不展望未來；

（E）喜歡黑夜、海洋、洞穴；

（F）扼殺植物、昆蟲等的生命，沒情由地將有生物變成無生物；

---

1 埃里希・弗羅姆（Erich Fromm），《人心》（*The Heart of Man*），孫月才、張燕譯（北京：商務印書館，1989），27-29。

2 較為漢語文學讀者所熟知的，是魯迅〈孔乙己〉尾聲時掌櫃只以「還欠十九個錢」來談及孔乙己，而不關心他的性命。見魯迅，〈孔乙己〉，《魯迅小說集》，楊澤編（臺北：洪範書店有限公司，1994），21。

（G）喜談疾病，對殘障的形體異常迷戀；
（H）是排泄物、嘔吐物、分泌物如血、汗、唾液、鼻涕的愛好者；
（I）對死亡、葬儀一類事情格外感興趣，為屍體、腐爛的東西所吸引；
（J）對死者產生愛戀，渴望佔有屍體，與之發生性行為或將其吃掉。

作品如涉及上述表現，即屬於某種程度的「戀屍書寫」。在漢語新文學中，姜貴、金庸（查良鏞，1924-2018）、白先勇、賈平凹（賈平娃，1952- ）、宋澤萊（廖偉竣，1953- ）、莫言（管謨業，1955- ）、駱以軍（1967- ）、黎紫書（林寶玲，1971- ）等的小說對此均有較高程度之呈現，或可說已形成某種戀屍書寫的系統，在眾聲喧嘩的創作群像中樹起一道詭譎風景，具有特異的藝術魅力[3]。

應當指出的是：作品呈現密集的戀屍書寫，有時是作家刻意套用心理學說的結果，有時則出於題材需要或受社會環境影響，不代表創作者本身具有嚴重的戀屍傾向；論者不應一見戀屍的細節，便斷言作品傳播了不良的訊息，因作者未必對戀屍持讚許態度，可能是為反對之而提及到，構成有「屍」無「戀」的風調。

[3] 有關研究尚待全面展開，部分參考可見如——施懿琳，〈白先勇小說中的死亡意識及其分析〉，《臺灣的社會與文學》，龔鵬程編（臺北：東大圖書股份有限公司，1995），195-234；李建軍，〈消極寫作的典型文本——再評《懷念狼》兼論一種寫作模式〉，《賈平凹研究資料》，雷達主編，梁穎編選（濟南：山東文藝出版社，2006），337-53；陳建忠，《走向激進之愛：宋澤萊小說研究》（臺中：晨星出版有限公司，2007），30-39；黃錦樹，〈從戀屍癖大法官到救世主——論附魔者宋澤萊的自我救贖〉，《謊言或真理的技藝：當代中文小說論集》（臺北：麥田出版，2003），307-37；李潔非，〈莫言小說裡的「惡心」〉，《莫言研究資料》，孔範今、施戰軍主編，路曉冰編選（濟南：山東文藝出版社，2006），190-198；以及余境熹，〈諧樂的背反：姜貴短篇小說書寫特色總論〉，《臺灣文學與文化創意國際學術研討會論文集》，林婉芳主編（臺中：修平科技大學應用中文系，2012），174-89。

初步檢視，卡夫《我夢見》的輯一、輯二，連同代跋，共收詩二十三首（組），卻已存著戀屍癖者的C、E、F、G、H、I等至少六種表現，下圖只就其較明顯者簡單舉例：

戀屍癖表現	詩文舉隅
C：法律、秩序、強權	〈幻覺・臺灣〉：「槍斃妳的聲音」、「假設著／這世上只有他們一張嘴巴」
E：黑夜、海洋、洞穴	〈香港・速寫〉：「還要捉住黑」；〈影子〉：「在最靜的黑裡」；〈說法〉：「執意留在黑夜裡」；〈看不見黑暗的眼睛〉：「夜封閉所有入口」、「最黑的深處」；〈讀史〉：「五千年這一夜」；〈懂得〉：「大海收下所有掉下的淚」；〈巡〉：「槍尖前的夜色」
F：將有生物變成無生物	〈落花〉：「來不及美麗／風雨就來送葬」
G：疾病殘障	〈香港・速寫〉：「插進去／直到一陣陣心痛」；〈幻覺・臺灣〉：「啞了」；〈中國・印象〉：「精神病」；〈讀史〉：「刺穿身體」；〈輪〉：「腰都弓起來了」；〈詩〉：「一半的身體」、「刮淨血肉」、「刺骨」、「不舉」；〈我〉：「把頭顱割下」
H：排泄、嘔吐、分泌物	〈合不上的黑〉：「鮮血穿過你的黑」；〈讀史〉：「血在黎明前流光」；〈以淚為名〉：「詩在淚水中泡著」、「生我為淚」；〈懂得〉：「掉下的淚」；〈詩〉：「渾身是血」；〈詩〉：「血肉」、「自慰」〈我〉：「滿肚子屎話」
I：葬儀、屍體、腐爛	〈中國・印象〉：「活活被埋」；〈詩葬〉：「墓碑」、「死亡」

這一列表的資訊是尚不完整的，例如〈中國・印象〉裡，把「揭竿而起」的文字「活埋」的，乃是重視維穩和秩序的政權，而據詩人意見，它亦是令〈香港・速寫〉那特別行政區陷進黑暗、「伸手不見五指」，以及造成〈看不見黑暗的眼睛〉、〈合不上的黑〉和〈椅子不空〉主角們不幸的原因；〈圍牆〉一篇，化用村上春樹「雞蛋與高牆」之喻，寓意的也是強權限制自由、屏蔽視野，把「夢」扼殺的嚴厲。以上六篇，略經闡釋，其實都可填進表格C

項的一列，共同印證《我夢見》含有密度不低的戀屍書寫。如果連《我夢見》各篇附圖一併考慮的話，〈影子〉在寫「最靜的黑」後，還加上一幅「黑夜」裡的「海洋」照片，與文字相輔相成，也正是補強了戀屍書寫中E項的成分。

可大體上，我們不難為卡夫開脫，論證他雖寫戀屍，而實際反對種種病態的現象。卡夫的〈影子〉寫道：「在最靜的黑裡　看見／光開始喧嘩」，無疑「黑」是種客觀存在的惡劣環境，但詩人卻要讓「光」發出聲音，要在「最靜的黑裡」覓得光明——顧城（1956-93）〈一代人〉說：「黑夜給了我黑色的眼睛，／我卻用它尋找光明。」應該便是卡夫〈影子〉的本體。同樣地，卡夫〈看不見黑暗的眼睛〉雖然寫「夜」和「最黑的深處」，他卻切切盼望著「一場光的暴動開始」，追尋衝破黑夜的「光」，以「暴動」挑戰強權。對於戀屍症狀的C和E，卡夫大抵皆持反對的態度、反抗的立場。

在表格F列僅有的一例〈落花〉裡，卡夫其實也不樂意見到植物被風雨摧殘，故在寫「來不及美麗／風雨就來送葬」之後，詩的第二節立馬便轉為：「多麼想彎身對妳說回家了」，動念要拯救堆積滿地的憔悴之花——這是將無生物救活為有生物，方向復與戀屍癖者相背。

不過，卡夫截句詩的巧妙之處，並非在能夠讓人清楚判分其為戀屍或反對戀屍，而是在戀與不戀這兩者之間存著曖昧，有所依違，引起擺蕩，激發漣漪般持續擴散的想像。

戀屍癖者較低層的表現為：喜歡機械和不能成長的東西。《我夢見》的〈植物園〉裡，由於擁有「紅唇」的少女會老，不再動人，詩的敘述主體更愛相機，「輕輕　快門　按下」，便把美女拍成不再生長的、「不褪色的書籤」。如果這樣理解，卡夫這部新截句集就又有了戀屍癖的A項表現。當然，讀者也可說卡夫在〈植物園〉中表現出對美的追求、對生的熱情，與病態的戀屍迴然有異——參考〈懸浮〉、〈驅逐〉兩篇，智能手機被卡夫認為是人們距離感增加、關係生疏的重要原因，形象負面，這與戀屍癖者的A項特徵也是南轅北轍、背道而馳的。

若是把〈你的眼睛〉讀成戀屍之作，「閃動著像天使的翅膀，領我／穿過擱淺已久的天空／／站在彩虹中，我的夢境變得／年輕」數行，寫的乃是詩人只知懷緬過去，想要回到「年輕」，不大展望未來，視目前為「擱淺」，實屬戀屍者的D項特徵。但直觀地說，詩人是在兒子的眼睛裡看出澄澈的火花，生命力因而重新煥發，這不獨不是戀屍，簡直是全然相反的「戀生」。問題是，同系列的〈你的聲音〉假設兒子長大後不再和卡夫說話，而作父親的仍會「心滿意足地啟程」，其結尾很難說不是隱藏著死亡的訊息。在寫孩子時，卡夫這樣戀生、戀屍地幾度往復，使截句詩充滿了內在的張力。

另一例為〈童畫〉，卡夫寫小女孩「敢在天空塗鴉／笑著說雲髒了」，頗有童趣。可是小女孩既潛藏使天空變「髒」變黑的能力，隱隱然，就又與卡夫戀屍書寫常見的「黑夜」相聯；另外，《我夢見》的〈我〉一篇中，用來「塗鴉」、使整座島變黑的乃是戀屍癖H項的「滿肚子屎話」，那麼弄髒天空的小女孩，又是拿甚麼來「塗鴉」的呢？

說到〈我〉這篇，卡夫「把頭顱割下／伸手就撈起滿肚子屎話／塗鴉了整個孤島」後，詩的結尾卻忽然變得光明：「滾動著的天空漸漸亮起來了」。與前述〈影子〉、〈看不見黑暗的眼睛〉等詩自「黑」裡尋「光」的想像相異，〈我〉是主動製造黑暗和穢物，然後反過來期待天「亮」，其舉動猶如行危而求安、造禍而求福，以鴻毛燎於爐炭之上。這種寫法，唯有溯源於聞一多（聞家驊，1899-1946）的〈死水〉——聞氏提出把國家「讓給醜惡來開墾」，而後惡貫滿盈的統治者終必自我毀滅。如此看，卡夫的戀屍書寫雖涉令人不適的H項，排泄物卻又為達致救贖的媒介，誰能簡單輕率地讓其意義固定下來？

戀屍書寫——無論作者戀之與否——經常都讓人望而生畏，故當喬凡尼・薄伽丘（Giovanni Boccaccio, 1313-75）《十日談》（*The Decameron*）開篇要提到瘟疫導致大量人口死亡時，他先提醒讀者說：「我深知你們天生都是富於同情心的，讀著這本書，免不了要認為故事的開端太悲慘愁苦了……」卡夫則反其道而行，在戀屍書寫之外，猶且進一步加強這種精神負擔，方法是以「狂而不歡」的筆觸創作截句詩。

所謂「狂而不歡」，是對米哈伊爾・巴赫金（Mikhail Bakhtin, 1895-1975）「梅尼普體諷刺」（Menippean Satire）的延伸使用。巴赫金曾替梅尼普體諷刺列出十四項指標[4]，與之契合而剔除「狂」的成分，即近於「諧樂」；剔除「歡」的部分，易予人「狂歡」或「驚慄」之感；而若與各項指標皆不合或表現相反時，則文本將變為「寫實」，甚至趨向「悲情」。

梅尼普體諷刺的第一、第八和十四條分別為：增加笑的比重；描述不尋常的精神狀態；具現實的政論性。卡夫有政論色彩的截句詩不少，如〈香港・速寫〉、〈幻覺・臺灣〉，他寫異見人士、維

[4] 米哈伊爾・巴赫金（Mikhail Bakhtin），《陀思妥耶夫斯基詩學問題》（*Problems of Dostoevsky's Poetics*），白春仁、顧亞鈴譯，《巴赫金全集》，錢中文主編，第5卷（石家莊：河北教育出版社，1998），150-56。

權律師的「叛亂時代」系列，也非常嚴肅，絕不同於拿時事開玩笑的輕鬆節目；在〈中國‧印象〉裡，卡夫提及不尋常的「精神病」，目的亦非逗笑取樂，而是以之批評政府當局抹殺抗議聲音，及以「精神病院」隱指中國大陸的思想狀況，責之甚切，也顯得沉重。符合梅尼普體諷刺第八和十四項而全無「歡」的因子，卡夫詩刻意給讀者添上閱讀的壓力和緊張感。

卡夫亦甚少寫「笑」，反而常浸在相反的「淚」中。整本《我夢見》裡，卡夫只有兩次發「笑」，而其中一次是〈秘密〉的「天空一直笑不停」——據作者附注，「笑不停」乃沿用蕭蕭〈風的年齡〉末句，故「笑」實為他人之笑，並非卡夫自行發出。在〈以淚為名〉中，卡夫直言「詩在淚水中泡著」，又說自己「生而為淚」，要用詩「取悅悲傷」；〈懂得〉則說海洋「收下所有掉下的淚」，因此才異常地鹹——淚水在卡夫截句裡的份量，不可謂不重。這除了應合戀屍癖者喜好分泌物外，原來亦因迴異於梅尼普體諷刺的「笑」指標，而予人抑鬱的感覺。

說了這許多，不如以小結簡單概括《我夢見》的特點：（A）戀屍書寫比重不低，或會引起讀者驚惶，有獨特的藝術效果；（B）各詩篇中，卡夫兼有戀屍與反戀屍的表現，有助開拓想像空間；（C）與戀屍雙軌並行的，是狂而不歡的寫法，避開玩笑，以淚、政論、精神病等，使沉重感增劇。卡夫《我夢見》的暴力美學，因而不僅僅指審視殘缺身體、血和死亡——它以戀屍書寫及狂而不歡，向讀者的精神施以藝術的暴力，也需要讀者暴力相向，奮勇周旋於戀屍與非戀屍的想像中。

異空間的回聲：
卡夫、辛牧詩中的古代驅邪習俗

卡夫《我夢見》所收的〈我〉云：

> 把頭顱割下
> 伸手就撈起滿肚子屎話
> 塗鴉了整個孤島
>
> 滾動著的天空漸漸亮起來了

明明上節正拿「滿肚子屎話」來「塗鴉」整座「孤島」，可到了下節，理應變得穢黑的景象卻忽然澄澈有光：「滾動著的天空漸漸亮起來了」，這難免令初讀之人覺得離奇。我們需藉助古代文獻的幫助，才能破解詩意。

原來古人認為：「屎」是能驅邪的。有關例子頗多，如《韓非子・內儲說下》提及：「燕人李季好遠出，其妻私有通於士，季突至，士在內中，妻患之，其室婦曰：『令公子裸而解髮直出門，吾屬佯不見也。』於是公子從其計，疾走出門，季曰：『是何人也？』家室皆曰：『無有。』季曰：『吾見鬼乎？』婦人曰：『然。』『為之奈何？』曰：『取五姓之矢浴之。』季曰：

『諾。』乃浴以矢。」李季妻子為免丈夫識破姦情，於是讓情夫披頭散髮、裸體逃走；李季驚問沒穿衣服跑掉的是誰，妻子和女僕都說沒有看見，令李季以為自己碰到鬼了，急急拿五種牲畜的「屎」來洗浴辟邪。

又例如，按秦漢時《日書》的說法：把狗屎捏圓握進手裡，走過害人的「大神」住所，也不會遭到傷害；「祖神」來家中偷窺，拿狗屎丟之，祖神就會落跑；自稱天帝兒子的鬼來纏繞女兒，女兒也可用狗屎洗澡，在身上繫掛葦草，鬼就死翹翹了[1]。以「屎」降魔，在多種情境中均有效。

按在《卡夫截句》裡亦有同名為〈我〉之作，當中的「孤島」指「我」。套用到《我夢見》同樣出現「孤島」的〈我〉詩中，意思便是：用「屎話」塗抹「我」的整個身體，洗一洗，就能邪氣盡散，光明復現，一切都「漸漸亮起來了」。這種想像，乃是遠紹秦漢時人的觀念。

與《日書》強調狗糞相應，《韓非子・內儲說下》在李季的故事之外，另有一大同小異的記載云：「燕人、其妻有私通於士，其夫早自外而來，士適出，夫曰：『何客也？』其妻曰：『無客。』問左右，左右言無有，如出一口。其妻曰：『公惑易也。』因浴之以狗矢。」異代回聲，辛牧〈碎片〉寫的是人鬼大戰，弄得遍處畜糞，淡定的人卻信賴狗屎庇佑，依舊好眠：「大家醒來／打開窗戶／乖乖隆的咚／滿地的狗屎／滿天的蒼蠅，烏鴉／／而一些人若無其事的／把窗戶關起來／蒙頭再睡」；在〈心事啥人知〉裡，辛牧筆下中邪著魔、「把心丟了」的那人，最終也是在「一坨狗屎」中

[1] 張述，《回到秦朝大冒險：穿衣吃飯，全部從頭學》（臺北：時報文化出版企業股份有限公司，2016），121。

找回其心的。辛牧和卡夫，其詩都有古人習俗的反映。

當然少不得要提辛牧的〈藍白拖〉：

穿在腳上
室內室外
趴趴走

遇到土霸
咻一聲
正中腦袋

消滅妖孽，《日書》早言及擲鞋之法：鬼神驅動猛烈的旋風害人，拿鞋扔風，風便會停；風將家裡的東西全部捲走，拿鞋扔風，東西便收得回——應該收得回，除非收不回。要是收不回，把鞋丟在路中間，這樣才不會生病；否則不用一年，家人全都抱恙[2]。遇到惡鬼烈風似的「土霸」，辛牧想也不用想，就用《日書》的妙方，飛出「藍白拖」，命中目標。

話說回來，卡夫《我夢見》的〈我〉也與《封神演義》相合。小說第三十七回，反派角色申公豹大吐「滿肚子屎話」，顛倒黑白，強詞奪理，幾乎把崑崙山附近的海「島」都「塗鴉」得黯然無光，目的是勸阻輔助周室的姜子牙。姜子牙不接受其歪理，申公豹便聲言能夠「將首級取將下來，往空一擲，遍遊千萬里，紅雲托接，復入頸項上」，要以高強法力懾服姜子牙。說時遲，那時快，

[2] 張述，120。

申公豹「把頭顱割下」，就望空一拋；姜子牙凝視那頭顱「滾動著的天空」，天真的他幾乎就要受騙！幸好南極仙翁及時派一童子化作白鶴，把申公豹擲出的首級啣走，「天空」和姜子牙的心才「漸漸亮起來了」——申公豹詭計不成，姜子牙捧定「封神榜」，定意扶周滅商。

那麼說，辛牧〈藍白拖〉中的「土霸」指誰？不是帥氣的王俊凱（1999- ），卻是霸道的申公豹——辛牧一拖鞋飛去，正中大反派拋出的「腦袋」[3]！

[3] 辛牧是南極仙翁，他的白鶴童子陪他採梨，名叫「甘泉」。

穿過五千年這一夜：
《我夢見》的中國歷史

卡夫截句詩不時以中國的歷史人物為題材，從春秋的忠貞之臣、秦朝的義軍領袖，到北宋的廉潔官員等，都是《我夢見》的重要表現對象。例如〈說法〉一篇，便是與「包青天」包拯（999-1062）有關：

轉世的門身後關上
也關住今生所有風雨

我執意留在黑夜裡
你對我無法可說

第一行讓人想到：皇親國戚犯法後企圖以重賄贖命，為官清廉的包拯卻斷不讓他們「轉世」重生；他會把「身後」的「門」用力「關上」，阻擋來說情者，不許任何人走後門。

但其實，這行詩寫的是包拯壽終，並在死後拒絕「轉世」。

包氏已「關住今生所有風雨」，將人世糾纏全部隔絕[1]，絲毫

[1] 有說包拯把官府的後門打開，讓百姓隨時前來申冤，故「走後門」在他那裡屬褒義。因此，「轉世的門身後關上」一句當理解為包氏辭世，那公堂的後門亦一併

不再掛懷，可他沒有選擇投胎，而是「執意留在黑夜裡」，於地府擔任十殿閻羅中的五殿森羅王，繼續審判陰間鬼魂。

包拯在生時就已日審陽世，夜審陰司，因其公正廉明，而獲民間讚譽謂：「關節不到，有閻羅包老。」將他和絕不偏私的閻羅王並列[2]。到包氏正式「留在黑夜裡」，真的當起閻羅王來，他仍秉持「對我無法可說」的宗旨，依法辦事，不容關說。

〈看不見黑暗的眼睛〉是寫陳勝（?-前208），秦末起義軍領袖。詩文說：

> 夜封閉所有入口，要我
> 不能走近你
>
> 然而，在最黑的深處
> 一場光的暴動開始了

陳勝為屯長，負責帶九百名戍卒到漁陽去，中途卻遇上大雨，延誤行程，即使勉力趕往目的地，也會因「失期」遲到而受官方懲處。因此，漁陽是到不得的——連續下雨的「夜」已經「封閉所有入口」，陳勝和一眾士卒要想保住性命，就斷斷「不能走近」戍地。

外間天色暗沉，陳勝的心情也「最黑」起來，焦慮憂鬱。然而，就在那心中「最黑的深處」，他重燃起成就大事的企圖心[3]——到漁陽橫豎是一死，何不放手一搏，對抗暴秦？他與同伴

「關上」，他不再插手管理陽間之事了。

2 楊先保、趙江濤，〈包拯歷史事實與藝術角色差異的政治社會化分析〉，《哈爾濱學院學報》39.1（2018）：47。

3 據《史記‧陳涉世家》記載，陳勝少時受僱替人耕地，地位卑下，但卻已發出「苟

吳廣（?-前208）合謀，號召擔心「失期當斬」的戍卒起事，截木為兵，揭竿為旗，反撲大秦帝國，建立起中國史上首個農民政權「張楚」，轟轟烈烈地掀起了「一場光的暴動」[4]。

〈合不上的黑〉以伍子胥（?-前484）為主角，說道：

黑或不黑，看見或不看見
你的眼睛沒人能合上

鮮血穿過你的黑
你才重被提起

伍子胥忠於吳國，屢屢提醒吳王夫差（?-前473）防範越人，夫差卻因聽信讒言，賜寶劍予伍氏，命其自盡。刎頸之前，伍子胥留下遺言：「抉吾眼縣吳東門之上，以觀越寇之入滅吳也」，吩咐舍人將他雙眼挖出，懸掛在吳國東門，好使他死後仍能親眼看見越軍入侵，滅亡吳國。

卡夫的評論是：伍子胥既已喪命，眼前「黑或不黑，看見或不看見」，就都非這位忠而被謗的名臣所能掌握了[5]，只有「眼睛沒人能合上」、死不瞑目的結局是肯定的。

富貴，無相忘」、「燕雀安知鴻鵠之志」等豪言。

4 目前出土的秦律似未發現「失期當斬」的根據，這將影響〈看不見黑暗的眼睛〉的詮釋。假如「失期當斬」只是陳勝的謊言，卡夫詩裡的「我」就變成某位心眼清晰的戍卒。這名戍卒意識到陳勝、吳廣利用恐懼心理，「封閉所有入口」，「要」大家「不能走近」漁陽，目的是挾持大伙造反；「最黑的深處」指陳勝的心，他謀求一己富貴，發起「暴動」，把士兵往刀鋒上推，其野心早就在看破實情的戍卒眼裡曝「光」。

5 不過按《吳越春秋》的想像，已死的伍子胥在越軍攻入江陽松陵後報夢予敵人，為他們開道追擊吳王；小說《東周列國志》亦有相類描寫，只是細節較多。

曾一度叱吒風雲的伍子胥就這樣自吳越爭霸的舞台退場，直到越國謀臣文種（?-前472）被迫自殺，他才「重被提起」。原來越王勾踐（?-前464）滅吳之後，猜忌功臣，亦賜劍讓計略過人的文種自戕。那柄所賜之劍，據云即是讓伍子胥魂斷的「屬鏤」。小說《東周列國志》謂文種得劍後強笑道：「百世而下，論者必以吾配子胥，亦復何恨！」當利刃「穿過」文種肌膚、「鮮血」流出這一幕發生時，雙眼已徹底陷進「黑」裡的伍子胥再次閃現，而他也和昔日的敵國之臣成為了一種意義特殊的「刎頸之交」。

「叛亂時代」的第三作是〈椅子不空〉，它和前述〈看不見黑暗的眼睛〉相似，均是寫起事之人，對象為《水滸傳》裡的「托塔天王」晁蓋。卡夫這樣寫道：

所有人站了起來
你還是坐不上去

他們搶先入座，要你
相信椅子不存在

據小說記事，晁蓋是梁山泊第二任寨主，在位期間廣招豪傑，抵擋官軍，頗有作為，但《水滸傳》最終出台的「一百零八好漢」石碣名單上，連「活閃婆」王定六、「金毛犬」段景住這些無名小卒，甚至那義氣有虧的「白日鼠」白勝都佔了位置[6]，「搶先入座」，反而是晁蓋被摒除在外，硬是「坐不上去」。

---

6 晁蓋策動「智取生辰綱」時，閒漢白勝是計畫的參與者之一；後來白勝被官府逮捕，耐不住苦刑，就把為首的晁蓋供出，有賣友求生之嫌。

歷史上的梁山起義，其領頭人名單今見於龔開（1221-1305）〈宋江三十六贊並序〉中[7]。《水滸傳》實際存著一種傾向：讓載錄在〈宋江三十六贊並序〉、已躺進墳墓的三十六名起義者再一次「站了起來」，優先把他們列入「一百零八好漢」石碣名單，且給他們較前的座次[8]。史實中的三十六人為：

綽號及姓名	石碣座次
呼保義宋江	一（天魁星）
智多星吳學究（小說作「智多星」吳用）	三（天機星）
玉麒麟盧俊義	二（天罡星）
大刀關勝	五（天勇星）
活閻羅阮小七	三十一（天敗星）
尺八腿劉唐（小說作「赤髮鬼」劉唐）	二十一（天異星）
沒羽箭張清	十六（天捷星）
浪子燕青	三十六（天巧星）
病尉遲孫立	三十九（地勇星）
浪裡白跳張順（小說作「浪裡白條」張順）	三十（天損星）
船火兒張橫	二十八（天平星）
短命二郎阮小二（小說作「立地太歲」阮小二）	二十七（天劍星）
花和尚魯智深	十三（天孤星）
行者武松	十四（天傷星）
鐵鞭呼延綽（小說作「雙鞭」呼延灼）	八（天威星）
混江龍李俊	二十六（天壽星）
九文龍史進（小說作「九紋龍」史進）	二十三（天微星）
小李廣花榮	九（天英星）
霹靂火秦明	七（天猛星）

7　歷史上的「宋江起事」，其頭領名單另有《大宋宣和遺事》版本，本文不贅述。

8　在《水滸傳》的續書《蕩寇志》中，官軍既攻破梁山大寨，就在忠義堂上審問起「聖手書生」蕭讓和「玉臂匠」金大堅來，二人亦供出鐫刻好漢名單的內情，其中兩項為：（A）名單上的十五、十六兩個位置人選未定，後因「雙槍將」董平、「沒羽箭」張清入伙，便臨時補上，故董平雖為梁山五虎將，排名卻後於「大刀」關勝等人一截；（B）如果董、張二人沒來，名單的十五和十六位本擬以「病尉遲」孫立補上其一。按：以孫立候補，乃是由於孫氏曾出現於〈宋江三十六贊並序〉中，是真實參與北宋梁山起義的歷史人物。

綽號及姓名	石碣座次
黑旋風李逵	二十二（天殺星）
小旋風柴進	十（天貴星）
插翅虎雷橫	二十五（天退星）
神行太保戴宗	二十（天速星）
先鋒索超（小說作「急先鋒」索超）	十九（天空星）
立地太歲阮小五（小說作「短命二郎」阮小五）	二十九（天罪星）
青面獸楊志	十七（天暗星）
賽關索楊雄（小說作「病關索」楊雄）	三十二（天牢星）
一直撞董平（小說作「雙槍將」董平）	十五（天立星）
兩頭蛇解珍	三十四（天暴星）
美髯公朱仝	十二（天滿星）
沒遮攔穆橫（小說作「沒遮攔」穆弘）	二十四（天究星）
拚命三郎石秀	三十三（天慧星）
雙尾蠍解寶	三十五（天哭星）
鐵天王晁蓋（小說作「托塔天王」晁蓋）	------
金鎗班徐寧（小說作「金槍手」徐寧）	十八（天祐星）
撲天雕李應	十一（天富星）

上表可證明，出現在〈宋江三十六贊並序〉的「所有人」都「站了起來」，唯獨晁蓋被撇掉——同樣是實存於歷史之中，失卻「天星」高位的孫立起碼還擠上了「地星」行列，晁蓋則甚麼都沒有，一個人，獨自，啥都沒有[9]。

事實如此，「塔」也「托」得住的晁天王大抵也只好「相信」，只好承認，屬於他的「椅子不存在」，小說家有意無意地、單單遺漏了給他一個亮麗的「星」號和席次；哀哀，只好放下塔，噢不，放下「椅子」，在歷史層積的泥土下不帶號碼牌繼續躺著。

值得特別一提的，是卡夫在截句詩〈讀史〉裡說：

[9] 據《水滸傳》梁山人馬「征方臘」的情節來看，「一百零八好漢」名單裡的人不會因死亡而失去名次和「星」號，故晁蓋征曾頭市而亡不能算是他當初未能躋身榜內的合理原因。

刺穿身體

血在黎明前流光

路就能亮起來

一條老蛇正好穿過五千年這一夜

首三行如果代入包拯，或可指「黎明前」就要「流光」犯罪者的血，償還孽債，這樣公理才能昭彰，沉冤才能得雪，正義的「路」才能「亮起來」；如果代入陳勝，或可指起事者挺身迎向刀尖，反抗暴秦，這樣難免把「血」都「流光」，但卻能開創一個新時代，能令「路」都「亮起來」；如果代入伍子胥，或可指舉劍自殺，忠臣的「血」點滴「流光」後，敵人入侵的「路」便再無障礙，顯豁而明「亮」起來；代入晁蓋，或可指「刺穿身體」的人，英勇付出、任「血」液「流光」，但結局只照「亮」了別人的「路」，自己無法享受成果和榮譽[10]。卡夫「讀史」的時候——「穿過五千年這一夜」，應該是讀到了許多中國刑獄、戰鬥、忠臣和無名英雄的故事吧。

抽出代入的對象，〈讀史〉的首三行本身也可作多重詮釋：（A）崇尚武力，軍閥濫殺無辜，認為要「流光」別人的「血」，才有「亮」眼的功業[11]；（B）獲取教訓，在「血」都「流光」的慘痛事件後，人們終於從歷史學會了和平相處之道，從此可走上明「亮」的路途；（C）卸下包袱，把歷史的瘀「血」全放光，忘記所有傷

[10] 配合音樂，代入晁蓋時不妨聽聽張敬軒的〈Blessing〉，歌詞是由黃霑（黃湛森，1941-2004）所填。

[11] 或許他們應該看看Bana al-Abed, *Dear World: A Syrian Girl's Story of War and Plea for Peace*（New York: Simon & Schuster, 2017）。

痕，人類才能真正止息仇恨，驅除陰影，有全然「亮」的前景[12]。

像「老蛇」換皮那樣——願翻開史冊的人都能更新思維，脫離唯武力是尚的原始衝動，向更高階的和平理想進發。聽一首Ra*bits的歌吧，我選〈野兔遊行〉（「野うさぎのマーチ」）。

12 這有點像漫畫《隱之王》伊賀之里首領的想法，但較伊賀之里消除所有歷史的目標溫和多了。卡夫截句常與動漫電玩互聯，這點值得注意。

我這個濫男人給遠方的姑娘：《我夢見》《詩路漫漫》的婚外情緣

在〈詩路像小說漫漫：劉正偉詩集「誤讀」〉中，我曾把劉正偉的十多首詩串連起來，加以新詮，建構出敘述主體「我」瞞著妻子，和「遠方的姑娘」發展情緣的戀愛故事。卡夫與劉正偉非常投契[1]，創作上也不時與後者互聯，如《我夢見》「夢見」系列中〈飛〉、〈夢〉和〈她〉等數首，便都是言及「遠方姑娘」的詩篇，與劉氏隔海應和，「朗朗詩情／就迴盪在，寶島與星洲之間」[2]。

卡夫在〈飛〉的第一篇裡如此提到：

左手拉直右手
整晚都在練習飛翔

我在給夢尋找出口

---

1 二人除網上交流、談文論藝外，2016年在臺灣碰頭，劉正偉作東並全程陪同卡夫出遊，事後還寫下詩作，記錄情誼，均令卡夫深深感念。卡夫推出《截句選讀》，後記中即表達對劉正偉的濃濃謝意。

2 劉正偉，〈與新加坡詩人卡夫同遊日月潭〉，《貓貓雨：劉正偉詩選》（臺北：新世紀美學出版社，2018），48。

當中「飛翔」的意思，是指想要逾越空間，來到「遠方姑娘」的身邊，若以劉正偉〈春夢〉比照便清楚得很：

夜裡，我的三千煩惱絲
因思念，紛紛激動起來
每一根都豎立，像一條條小蛇
急欲穿過黑暗邊境
飛奔而去，向你的夢裡

夢裡，無數小蛇化作黑色魔髮
溫柔地，將兩人輕輕地纏繞
愛的蛇信，燙熟了一顆蘋果
夜，就更深了

同樣的想法，劉正偉寫的是「穿過黑暗邊境／飛奔而去」，卡夫寫的是「給夢尋找出口」、「練習飛翔」。他們筆下的主角為著不同的「遠方姑娘」，內心「激動起來」，「整晚」都鎮服不了，時時想起，時時想飛離。

心動不如行動，但行動受制於客觀環境——劉正偉的「我」有嚴妻看管，輕易不得越軌，而卡夫在〈飛〉的第二篇亦提到：

左手拉直右手
可以是一條河、一條路

我背著的十字架太沉重

長不成翅膀

和傾慕的那人可能只隔「一條河、一條路」，但咫尺就是天涯，近處亦成遠方，原因是「我背著的十字架太沉重」。詩中的「我」原來是名教徒，經常學習律法、誡命，理性上有著極高的道德標準，雖則一時肉體軟弱，逡巡徘徊，也還能控制得住自己，未有作出徹底背叛妻子的事——說到底，「我」只會妄想遐想，卻「長不成翅膀」，在太太的監視下，連房子都不敢離開。

這樣回過頭看，卡夫詩中的「飛翔」其實只是在網上遊覽，勉強算是突破了空間；所謂「尋找」情慾的「出口」，只不過指看看交友網站的照片，想想誰較合眼緣。為甚麼說「左手拉直右手」？難道這樣就能變出一雙翅膀？不，是因為「整晚」操作滑鼠，右臂酸了，要用左手幫忙拉伸而已。為甚麼「我」不知道有好感的那些對象是隔「一條河」還是隔「一條路」？因為藉衛星系統，交友網站能標示好友和「我」距離多遠，卻不會把對方的實際位置告訴「我」。這些蛛絲馬跡，讓讀者能夠確定「我」只是位待在電腦前的悶騷：不會親身接觸異性，只懂上網隨意泡泡，認為自己不必露面，把身份隱藏住，安全有保證，才敢放鬆。

明白這些後，卡夫的〈夢〉也就不太難解了：

敲著我的眼睛
妳，比我更接近我

「敲」字既指漂亮女生的外貌擊中了「我」，讓「我」一見鍾情、眼前一亮，亦指那女的「敲」來文字，想要約「我」出去，作樂尋歡，訊息中充滿曖昧和挑逗。哎，「我」都不承認的那些慾望，「妳」卻似乎比「我」更清楚，「更接近我」的內心世界，「我」被「敲」的「眼睛」都快要奪眶而出，「我」被壓的慾火都快要噴薄而灑，按捺按捺，但按捺不住了！「夢」，要有「出口」！

此時「我」老婆突擊檢查、推門而入，移開擋隔視線的雜物，「擠了進來」，卡夫的〈她〉接續寫道：

看見她擠了進來

我的詩提早結束

沒有了，結束了，老婆「擠了進來」的同時，「我」急急關掉交友網站的視窗，關掉「夢」的「出口」，若無其事地扮作正在讀報告、讀新聞，或是讀某名家寫的截句詩，還裝出苦心孤詣的樣子，要去分析評點一番，把正經的事幹得有夠正經。可是啊，表面鎮定的「我」，內心正狂烈爆烈激烈地OS：「我的詩提早結束了！」不，也許較為低沉一點：「唉，我的詩，提早，結束⋯⋯」唏噓於如「詩」的情緣，被老婆一下推門撲熄了。

在劉正偉的《詩路漫漫》中，「我」也最終放棄「遠方的姑娘」，重新歸到妻子的管轄之下。據劉氏〈別讓情人不開心〉，「我」的妻子異常專制：她說左，丈夫不能說右；她說吃藥，丈夫便得張口；除了常陪妻子看日落日出外，任何時候只要妻子睜眼，丈夫都一定要待在身邊。那位妻子一再威嚇丈夫：「別讓情人不開心」！要丈夫接受：妻子的「一笑」，就是他的「全世界」！

面對悍妻，劉氏的〈拼圖〉代「我」說：

約好一起完成永恆的拼圖
中間，牽掛兩顆熾熱紅心
重疊的部分，有感動滿滿
和諧律動與怦然的心跳

正下方有行旅的片片段段
鋪上沙灘的足跡，公園的擁吻
左邊，或許有些爭執的裂隙
右邊，塞滿甜而不膩的耳語
上方空白處，填上別離的思念
點綴幾顆夜空中一起採擷的星子

左下方雨滴是淚水流過的記憶
右上方掛著雨後美麗的彩虹
這張圖太大了，讓我們
用一輩子的時間，慢慢拼貼

沒辦法，「有些爭執的裂隙」確確實實出現過，「淚水流過的記憶」難以抹掉，裝作與妻子有「和諧律動」也使他十分心虛，秒秒有「怦然的心跳」……但既然已「約好一起完成永恆的拼圖」，「一輩子的時間」都無法離開妻子，「我」唯有嘗試欣賞「雨後美麗的彩虹」，有了在連綿光陰中「慢慢拼貼」的預期，就減少作無謂的掙扎罷——這是抗拒不了，只好學會忍受。

卡夫的〈啤酒〉則提出另種建議：

要說的話都灌進肚子裡

止住了一場風暴

從此日子變甜

「我」也想反抗管束甚嚴的太太，心內有「風暴」隱然形成。可每當就要爆發時，「我」便去牛飲「啤酒」，灌醉自己，把「要說的話都灌進肚子裡」，「止住了」與突擊檢查的太太爭執的衝動。如是者，在犧牲「我」的自由——莫說約唔女生，就連交友網站都不敢上的情境裡，「從此日子變甜」。是的，旁人都視他和太太為模範夫妻。

這難道不是〈拼圖〉「抗拒不了，只好學會忍受」的翻版嗎？嘿，才真不是！後來卡夫筆下的「我」啤酒喝得太多，腹部漲滿，上交友網站吸引不了異性之餘，妻子也常覺得自己一朵鮮花栽在牛糞上，怨嘆神傷不已。看出來了嗎？這可是丈夫一場「甜」蜜的報復呢！

詩遊記：
卡夫〈真相〉的信口談

劉正偉、卡夫和我同時在臺灣，但我因提早回港，無法一起活動，劉正偉遂分別約我和卡夫。為示卡夫不缺席，我和正偉兄談起《我夢見》來，其中一首是〈真相〉：

你說，黑翻過來是白
他說，白反過來未必是黑

在我左眼忽上、右眼忽下的是
藍與綠

劉正偉說這首有政治意味，所謂「藍與綠」，隱指臺灣以中國國民黨為首的泛藍勢力，以及以民主進步黨為首的泛綠陣營。我聽著正偉兄車裡收音機的歌，隨口答道：「這首寫的是眼疾吧，蕭煌奇（1976-）不是唱著嘛——『眼前的黑不是黑　你說的白是甚麼白』，旁人向失明的『他』解說何謂『黑』色，眼前只見『白』濛濛一片的『他』卻無法理解。」我有色盲，大抵能體會一些。

正偉兄帶我遊覽士林官邸，蔣中正（1887-1975）的夫人宋美齡（1898-2003）喜歡「綠」色，我和正偉兄徐步走下梯級，正是「左眼忽上、右眼忽下」，窺見政治底色正「藍」的蔣夫人房內，竟然滿滿是深「綠」。這時候，我忽又覺得劉正偉「政治詩」的解法，早著先機，頗有見地。

但我嘴上仍說：「我現在住進東吳大學的宿舍，與故宮博物院僅隔一箭之地，那兒正展出克洛德・莫內（Claude Monet, 1840-1926）的畫。莫內晚年患白內障，動了幾番手術後，右眼需配戴眼睛無晶體人士專用的眼鏡。那種眼鏡放大度很高，視野卻縮減不少，難以適應的莫內從此過著雙目所視不平衡——『左眼忽上、右眼忽下』的生活。

「更甚的是，受眼鏡影響，他連辨別顏色都出了問題，『左眼』見的世界偏黃，『右眼』卻似乎只剩藍色[1]，『左眼忽上、右眼忽下的是 ／ 藍與綠』……」劉正偉糾正說：「綠和偏黃不一樣啊。」我想他沒色盲，所以不懂。在士林官邸的菊花展，我看所有菊花都是粉紅，連烏龜雕像的頭，都是粉紅。

其後正偉兄載我到北投看硫磺並野餐，我們分吃《卡夫截句》的〈沒有事發生〉：「一條老狗在舔天氣／一群條子在圍捕竄逃的風／一個老男人被年輕女人的聲音清洗著／／懶洋洋的街道若無其事地坐了一個下午」，首句給喜歡萬瑪才旦（1969- ）《老狗》的我，第二句給看過港產片《捕風漢子》的卡夫，第三句劉正偉拿來送電視——Discovery Channel引述李志綏（1919-95），說毛澤東（1893-1976）不洗澡，但讓年輕女人到床上幫他清洗。至於第四句，卡夫帥氣的孩子不知懂不懂「懶羊羊」，而硫磺直通的地心，藏了幾頭寶可夢。

---

1 黃震遐，〈莫內的有色眼睛〉，《畫與醫——一位腦科醫生的視點》（香港：三聯書店有限公司，2014），183。

難解的詩，難解的命：
卡夫新詩〈老　不死〉讀後

卡夫《我夢見》多次寫「詩」，歸納一下，他對詩的看法為：（A）詩美，〈植物園〉以「詩集裡不褪色的書籤」比喻「紅唇」佳人的照片，認為詩與美女互相映襯；（B）詩蘊含深刻感情，〈以淚為名〉第一章提到：「我的詩在淚水中泡著」，第二章又說：「誰？生我為淚／要我寫詩取悅悲傷」，指出淚水醞釀成詩，詩是悲傷的出口；（C）詩來自生活，有時俯拾即是，〈其實・不難〉說：「字淨空後／躺哪裡都是詩」，頗有禪意；（D）詩在生活滿足快樂時退場，〈她〉謂：「看見她擠了進來／我的詩提早結束」[1]，表示現實中獲得美人，就暫把紙上的愛情打住；（E）詩難解，〈詩念〉云：「心上加了一把鎖／時間蹲在那裡虎視眈眈／／生銹的鑰匙和鎖在裡頭的哭聲／一樣古老」，詩是鎖，為心底的哭聲加密，讀者有時不夠靈敏，像把生銹鑰匙，無法解開詩家心結。

卡夫近作〈老　不死〉延續了上述E項的主題，該詩全文謂：

刺身的文字　刺著

---

[1] 如果把「擠」字視為負面用語，我們也可把〈她〉理解為破壞詩興的女子。這樣的話，D項或將改為「詩興易受干擾」。

不舉的筆　舉著

赤裸著
對著街頭自慰著
費解　難解　不解
先後圍觀

無解是最後的快感

「刺身的文字」化用「夢見」系列的〈詩〉第一章：「迎面來的文字如芒刺／驚醒後　渾身是血／／摸摸自己／一半的身體還在夢裡」，而「不舉的筆　舉著」和「對著街頭自慰著」，則轉自〈詩〉的第二章：「刮淨血肉／看見刺骨的文字／／不舉的筆一直自慰到天亮」[2]——可證〈老　不死〉與寫詩有關，其首節的意思是詩人盡力將身心的觸動化為文字，次節頭兩行即指詩寫成後，付梓出版，既是「自慰」自爽，又彷彿「赤裸著」供讀者細賞。可是，「先後圍觀」的讀者或是限於文學訓練、經驗不足，對著文本，僅僅覺著「費解　難解　不解」，無法確定詩作蘊含的意義，無法參與詩人原初的心事。但卡夫表現豁達，他說：「無解是最後的快感」，詩無達詁，讀它，感受它，獲得「快感」就好[3]。

卡夫戲言：「老，不死，還在寫詩。」其實這句的「老」不一定指詩人本身，也可指「詩」——前引的〈詩念〉就曾以「古老」

[2] 卡夫先有截句，再將截句的一閃之念易為不限於一至四行的新詩篇，正好說明截句有其「未完成性」，有時可以是作家持續書寫的一個中途站。

[3] 所謂詩的「無解」，除了指不必尋求詩的特定意義外，亦可指詩的意義非常多元，容許各種誤讀，各解並存，不需終極正解，是謂「無解」。

形容詩思——詩思雖「老」，歷經歲月，卻「不死」地保持生命力，即使讀者偶爾如鏽跡斑斑的鑰匙，對之感到「費解　難解　不解」，詩人亦不必停步，何妨「還在寫詩」。反過來說，讀者想要參透詩思的行為「一樣古老」，大概只要「不死」、不退出閱讀活動，他們是總能培養對詩意的理解的。

這裡就〈老　不死〉作一「誤讀」。卡夫翻閱吳敬梓（1701-54）的《儒林外史》，書內諷刺的「文字」尖銳地「刺著」舊時代的士子官僚，而當中最著名的情節，莫如長期被選入語文課本的「范進中舉」——范進應考科舉多年，五十四歲了，連秀才也不曾中，沒想到時來運轉，「不舉的筆　舉著」，進學後不久竟然中了舉人。他獲悉中舉的消息，歡喜瘋了，暈倒過去，醒來後飛跑出門，一腳踹在塘裡，把頭髮都跌散了，淋淋漓漓一身的水，之後連鞋也跑掉了一隻——古人視衣衫不整為「裸」，此所以卡夫形容范進「赤裸著」。范進嘴裡喃喃，不斷重複說的，乃是：「噫！好了！我中了！」「中了！中了！」在「街頭」上「自慰」其多年不第的憂愁內心。那些擠到范進家「先後圍觀」的鄰居，以及范進那「老不死」的母親[4]，此刻都「費解　難解　不解」至極，要等到胡屠戶出馬，才一個耳光打醒了范進，「解」其瘋病。

可惜的是，范進的病被「解」，家裡變得異常興旺，「老不死」的范母由於窮慣，不能理解——「無解」為甚麼能擁有夢寐以求的細磁碗盞、銀鑲杯盤等身外之物，逐件看過一遍後，頓生「快感」，哈哈一笑，竟往後跌倒而亡！其歡欣一瞬，也就成了「最後

[4] 范進丈人胡屠戶曾罵女婿：「趁早收了這心，明年在我們行事裡替你尋一個館，每年尋幾兩銀子，養活你那老不死的老娘和你老婆是正經！」以「老不死」形容范進之母，乃是吳敬梓親筆。

的快感」。如果范進的瘋「無解」（沒有解除），范母就不會「無解」（無原無故）地身死——福禍相倚，造化豈易參透？

〈老　不死〉標題中的空格也讓有強迫症的讀者想去填充，正屬「留白製造空隙，空隙邀請參與」——有人想要填上「兵」字嗎？卡夫另有〈老兵不死〉的原作及截句版，皆可延伸「誤讀」，但那是另外的故事了。去吃大蝦元子時，再聊吧。

意義的漂流：卡夫〈詩葬〉「誤讀」

卡夫以〈詩葬〉為截句集《我夢見》的跋詩，全文謂：

漂流詩裡
孤島是詩人的墓碑

死亡　允許詩人
今生不再漂泊

這四行令我想起薛能（約817-880）〈詠島〉的前半篇——「孤島如江上，詩家猶閉門。一池分倒影，空舸繫荒根。」當中除了「孤島」與〈詩葬〉用字相同，「詩家」亦對位「詩人」，「閉門」或可象徵「死亡」，而「空舸繫荒根」即「不再漂泊」——薛能〈詠島〉的「一池分倒影」，似乎正映在卡夫的詩跋裡。

然而不只〈詠島〉，卡夫的〈詩葬〉實際上乃與薛能的整個生平相合。《唐才子傳》雖對薛能評價不高，卻曾說其人「耽癖於詩，日賦一章為課」，可作為薛氏終年不倦地「漂流詩裡」的證據。薛氏的「漂流」也與其仕宦有關，《唐才子傳》載他「書判入等中選，補盩厔尉，辟太原、陝虢、河陽從事」，以後又任義成軍觀察判官、御史、都官、刑部員外郎，繼而由京入蜀，再暫署嘉州刺史；返朝後「遷主客、度支、刑部郎中」，不久改刺同州、知京兆尹事；最後是一連串的「出帥感化，入授工部尚書。復節度徐州，徙鎮忠武」，可謂居無定止。廣明元年（880），薛能因被亂兵驅逐，「漂泊」襄陽，盼可獲一刻喘息；詎料譁變的部隊展開追殺，薛能被戮，其家盡滅——唯有這場非自然的「死亡」，才「允許詩人／今生不再漂泊」，結束了薛氏「漂」來「漂」去的一生。

同據《唐才子傳》，薛能雖勤於寫詩，卻是「格律卑卑，亦無甚高論」，奈何他總「以第一流自居」，自我感覺非常良好；洪邁（1123-1202）《容齋隨筆》舉例稱薛氏自詡比肩杜甫、輕視劉禹錫（772-842）和白居易（772-846），但洪氏旋謂「今讀其詩，正堪一笑」，直斥薛能「格調不能高，而妄自尊大」。這樣看來，薛能在詩裡「漂流」一生，卻從來沒有認清自己的座標，篇什雖多，身後「墓碑」上的評價卻只是「孤島」。卡夫以〈詩葬〉為跋詩，大概是某種程度的自我警醒：《我夢見》雖云收束，但詩藝仍可持續精進，不能自滿，重蹈薛能的覆轍。

卡夫〈詩葬〉之所本，亦可能是宋人編撰的《太平廣記》。《太平廣記》載有「元柳二公」的故事，元指「元徹」，柳指「柳實」，由於他們都活躍於唐朝元和年間（806-20），確亦容易令讀者想到詩人柳宗元（773-819）和元稹（779-831）——卡夫將錯就錯，在〈詩葬〉就以「詩人」稱呼元徹和柳實。

據《太平廣記》，元徹、柳實航行海上，忽遇颶風，「斷纜漂舟」，使他們被迫「漂流」，「抵孤島而風止」，來到了一座「孤島」。他們在島上遇見玉虛尊師、南溟夫人等神仙，南溟夫人以

「詩」相贈：「來從一葉舟中來，去向百花橋上去。若到人間扣玉壺，鴛鴦自解分明語。」元、柳遂據其「詩」再度「漂流」，踏過悠長的百花橋，竟就回到最初上船的地方。只是，仙界時間與人世不同，元、柳一打聽，原來已過了十二年，其親屬「已殞謝矣」；返回家鄉，則「二子妻各謝世已三晝」──「孤島」稍駐，換來滿眼「墓碑」。然而，就是這種突如其來的「死亡」，促使柳實、元徹更加「厭人世」；他們以此為契機，出發訪道，最終隨南岳太極到祝融峰修行，得以成仙，臻至「今生不再漂泊」的境地。

卡夫借用「元柳二公」的故事，其喻意為：沉迷在詩的「漂流」裡，蕩至罕有人接觸的「孤島」，現實中可能要付出「墓碑」的代價[1]；但既然現世因寫詩而變得艱難，不如就徹底向凡俗「死亡」，打定主意，「不再漂泊」，一心往仙境般的詩國進發。卡夫以〈詩葬〉為跋，「葬」的是今生的憂慮，復活的是永恆的「詩」，表現出對文學藝術的一往情深。

對臺灣新詩影響不小的何其芳（何永芳，1912-77）有題為〈墓〉的散文，寫具有「詩人」氣質的男子雪麟「漂流」在柳氏小女鈴鈴「詩」意的美裡，因而來到她落在溪邊的「墓碑」前，俯下身吻她。柳氏小女的「死亡」讓雪麟有著特殊的快感，〈墓〉的結尾云：「他獨語著，微笑著。他憔悴了。但他做夢似的眼睛卻發出異樣的光，幸福的光，滿足的光，如從Paradise發出的。」他「今生」的感情「不再漂泊」，就繫著柳氏小女，遺世獨立地，像座「孤島」……

[1] 張默（張德中，1931- ）說寫詩影響了自己在軍隊中的升遷，而卡夫更不時提到寫詩諷刺當道可危及生命，如〈痛〉說：「點亮一盞燈／／眼睛成了驚弓之鳥／槍都上膛了／／我不過是想寫一首詩」。

節外生枝地提出何其芳的〈墓〉來，原因是「詩」的意義其實也在「漂流」之中，不能定然，不可固一。按卡夫在〈生命不過是一首詩的長度——我的詩觀〉所述，詩人在創造文本這座「孤島」後，即需抽身退隱，讓讀者自行據成形的「墓碑」發論、興感，為詩還魂。作者的「死亡」——不再干預文本意義的生產——讓他不必續以額外的、多餘的文字進行解釋，這便是「允許詩人 ／ 今生不再漂泊」。這樣說來，「漂流詩裡」乃屬讀者的責任，詩人之「跋」，即是讀者之開始。不是嗎[2]？

[2] 附錄我弟對〈詩葬〉的解讀：（A）卡夫認為「詩人」需要「漂流」在「詩」中，保持創作的動能，否則若停滯如「孤島」，那便會喪失生命力，徒留「詩人的墓碑」；只有「死亡」才會「允許詩人／今生不再漂泊」，換言之，未到氣絕的一刻，詩家都應努力創新，突破框限。這除了是種自我勉勵外，亦可以是表示對「截句運動」尋找新路徑的支持。（B）卡夫有時以「孤島」稱呼新加坡，認為當地華文「詩人」沒有榮譽，只有「墓碑」，文學氛圍尚待改善；而「漂流」指越出國境，與其他地方如臺灣的詩壇交流。「死亡　允許詩人／今生不再漂泊」復有兩解，一是只有肉身「死亡」，才能隔絕這種「漂泊」、互動；二是把「死亡」理解成倒空自己，虛心與友朋切磋，能夠止住「漂泊」的創作狀態，獲得清晰、明確、全新的寫詩方向。

輯四

坐在阿茲特克的廢墟上沉思：卡夫截句、白靈小詩的歷史迴響[1]

論文摘要

白靈在《五行詩及其手稿》一書中，曾以十數首五行小詩建起「新詩阿茲特克史」的雛形，後或因題材較為專業，能響應續寫的詩家似難一見。到白靈倡議四行內的截句詩寫運動後，新加坡作家卡夫才跨海接力，以《卡夫截句》的多首作品，複寫或補充白靈筆下的阿茲特克史跡。二人的分進合擊，使「新詩阿茲特克史」的建構更形豐富全備，是同一歷史題材並寫的典範嘗試。

一、引言

時間回溯六百春秋，阿茲特克人曾建立起雄霸中美洲的龐大帝國，奈何西班牙軍跨海入侵，鼎盛時期的阿茲特克王業竟奄然淪毀，文明成燼，典章蕩然，後世儘管傾力修復，卻難再嵌出帝國風

1　東吳大學中國文學系於2018年12月8日舉辦「現代截句詩學研討會」，本篇為筆者當時提交之論文。為保持文章全貌，正文及注腳與本書輯一、二、三重複的人物生卒年未加刪除。

華的原貌。一冊古史，留下許多可供想像騰飛的空間。

以倏忽翳滅的古國為題材，伊塔羅・卡爾維諾（Italo Calvino, 1923-85）嘗撰短篇小說〈蒙特祖瑪〉（"Montezuma"）及〈在美洲虎太陽下〉（"Under the Jaguar Sun"），臺灣詩人白靈（莊祖煌，1951- ）則以五行一首的短詩[2]——〈湖〉、〈釣〉、〈乳〉、〈露珠〉、〈歌者〉、〈意志〉、〈鷹與蛇〉、〈颱風II〉、〈兵馬俑〉、〈不枯之井〉、〈那名字叫衛星的人〉、〈一朵白雲抹亮了湖心〉等——歷述阿茲特克的起源、發展與滅亡，甚至提及西班牙征服者意料之外的衰退命運[3]。

題材	白靈「五行詩」
阿茲特克文明起源	〈那名字叫衛星的人〉、〈露珠〉、〈兵馬俑〉
建城定居的傳說	〈一朵白雲抹亮了湖心〉、〈湖〉
神祇及宗教生活	〈乳〉、〈鷹與蛇〉、〈意志〉
與西班牙侵略者作戰	〈颱風II〉、〈歌者〉、〈不枯之井〉
西班牙的政經困局	〈釣〉

到2015、2016年之交，一向致力「鼓動小詩風潮」的白靈在Facebook詩論壇倡議「截句」寫作，新加坡作家卡夫（杜文賢，

---

[2] 白靈，《五行詩及其手稿》（臺北：秀威資訊科技股份有限公司，2010）。

[3] 余境熹，〈沒有一朵雲需要國界：白靈「五行詩」VS阿茲特克史〉，《臺灣詩學學刊》18（2011）：175-206。本文對於白靈小詩的分析，多重複此一參考資料的觀點。而文中的阿茲特克社會、歷史概況，則主要參照派克斯（Henry B. Parkes），《墨西哥史》（*A History of Mexico*），瞿菊農（瞿士英）譯（北京：生活・讀書・新知三聯書店，1957）；克蘭狄能（Inga Clendinnen），《阿茲特克帝國》（*Aztecs: An Interpretation*），薛絢譯（臺北：貓頭鷹出版社，2001）；格魯金斯基（Serge Gruzinski）《阿茲特克：太陽與血的民族》（*The Aztecs: Rise and Fall of an Empire*），馬振騁譯（上海：漢語大詞典出版社，2001）；戴爾・布朗（Dale M. Brown）主編，《燦爛而血腥的阿茲特克文明》（*Aztecs: Reign of Blood and Splendor*），萬鋒譯（北京：華夏出版社，2002）；張家梅編著，《被征服者扼殺的文明：美洲考古大發現》（北京：中國紡織出版社，2001）；張恩鴻，《上帝失落的記憶：無法解開的古文明機密》（中和：晶冠出版有限公司，2006）。

1960- ）隔海響應，不遺餘力，除編著《截句選讀》[4]這本首見的截句評析讀本，點評白靈、蕭蕭（蕭水順，1947- ）、靈歌（林智敏，1951- ）、葉莎（劉文媛，1959- ）、季閒（邱繼賢，1959- ）、葉子鳥（潘亮吟，1961- ）、周忍星（周潤鑫，1966- ）、王勇（1966- ）、劉正偉（1967- ）等人傑作外，更以一整冊《卡夫截句》[5]，延續白靈的阿茲特克書寫，讓截句與五行小詩分進合擊，共同組構新詩國度裡的美洲歷史。

二、帝國的源起

卡夫的〈信念〉，為截句詩的阿茲特克書寫掀開序幕：

腳　夢見飛鳥
只有眼睛可以理解

學會合十
不再和走獸賽跑

墨西加人是阿茲特克帝國的締造者，他們原本過著游牧生活，居無定所，後來因受神靈啟示，「腳」才有意識地移向特斯科科湖一帶。按神諭，墨西加人將要看見一幅老鷹叼著蛇站於仙人掌上的異象，並在看見異象的地方停歇下來，築造城池[6]；「夢見飛鳥」

[4] 卡夫，《截句選讀》（臺北：秀威資訊科技股份有限公司，2017）。
[5] 卡夫，《卡夫截句》（臺北：秀威資訊科技股份有限公司，2017）。
[6] Thelma D. Sullivan, "The Finding and Founding of Mexico-Tenochtitlan (selection from the *Crónica Mexicayotl* of Fernando Alvarado Tezozómoc)," *Tlalocan* 6(1971): 312-36.

的阿茲特克祖先於是開始用「眼睛」來「理解」，後來果然親眼見證神意的應驗。因此，先祖們就在特斯科科湖建立人工島，並修築巨城特諾奇提特蘭－特拉泰洛哥（Tenochtitlan-Tlatelolco），「學會合十」，過上了靜定的城居生活，結束世代相承、「和走獸賽跑」的游牧歲月。

白靈的〈一朵白雲抹亮了湖心〉描述建城的工程，如是寫道：

> 一朵白雲抹亮了湖心
> 奮翅游泳過去幾隻鳥影
> 鳥的叫聲使整座湖淺淺
> 淺淺的地震，群山坐不住
> 醉熊之姿一隻隻倒頭栽入了

詩中的「鳥」乃指叼著蛇的雄鷹，牠的「叫聲」引起墨西加人的注意和行動，「整座湖」立即大興土木，前期工程如「淺淺／淺淺的地震」，繼而連「群山」都要「坐不住」了，山上石頭、木材等物資被挪來興築巨城，彷彿「醉熊之姿」，「一隻隻倒頭栽入了」湖中。終於特諾奇提特蘭建造完成，壯麗猶勝畫卷，宛如「白雲」，替原先平靜單調的特斯科科湖添上無限姿彩，確確實實地「抹亮了湖心」。

以特諾奇提特蘭為中心，好戰的墨西加人開始對外征戰。當年碰見「仙人掌」異象而定居下來的小小「部落」，如今勢力「蔓延」，強悍地「橫出一根刺」，戳破周邊民族的防守陣地，迫使他們臣服於阿茲特克帝國；整片廣袤的「土地」，慢慢變成了阿茲特克君主「窄小的」內院——環視四野，皆為附庸與屬民，「不再」

有眼中之「刺」了。這正是卡夫截句詩〈妒忌〉所寫的：

> 橫出一根刺
> 一個仙人掌部落　蔓延
>
> 窄小的土地　不再看到刺

如果以特定歷史事件來詮釋，〈妒忌〉也可以是寫特諾奇提特蘭第三代統治者奇馬爾波波卡（Chimalpopoca, 1397-1427）遭當地霸權阿斯卡波特薩爾科（Azcapotzalco）的新領導人馬斯特拉（Maxtla, ?-1428）暗殺，繼位的伊茲科瓦特爾（Itzcoatl, ?-1440）因此不再順從原宗主，領墨西加人「橫出一根刺」，與特斯科科（Texcoco）的流亡主君內薩瓦爾科約特爾（Nezahualcoyotl, 1402-72）結成同盟，進攻並最終擊敗馬斯特拉，成功取代阿斯卡波特薩爾科的霸者地位，實現了「一個仙人掌部落」的「蔓延」。

繼特斯科科後，特拉科潘（Tlacopan）亦與特諾奇提特蘭結盟，三強聯手，全面控制了墨西哥谷一帶「窄小的土地」——阿茲特克帝國正式創立，四境之內，「不再看到」反抗的「刺」。伊茲科瓦特爾同時命令把平民藏書盡數焚毀，以消除文獻中對阿茲特克人的攻擊，拔掉精神上的「刺」；他又讓平民學習經篡改後大大提升阿茲特克人地位的歷史，使「蔓延」的帝國保持對內收「窄」的向心力。

三、巨城的核心

特諾奇提特蘭生活的核心，乃是宗教[7]。大神廟區佔地約五百平方公尺，佈滿各種以精湛石工藝造成的建築物，包括金字塔、水池、諸神殿宇，以及侍神者的起居之所等，合計至少八十餘座。大金字塔雙廟各高六十公尺，分別敬拜戰神、太陽神胡伊齊洛波契特里（Huitzilopochtli）和雨神特拉勞克（Tlaloc），城內從穿梭於運河水道的小舟，到往來於長街短巷的男女，一律靠仰望金字塔來斷定方位。

白靈因此寫下〈湖〉一詩，五行文字謂：

最後一圈漣漪將爬上你的岸邊
再不會有石子投入湖中了
雨的流蘇下到半途都化散成霧
落日以一輪霞光，天上湖上
正經營一場冷靜而燦爛的對話

緊接著〈一朵白雲抹亮了湖心〉那「淺淺／淺淺的地震」，當「最後一圈漣漪」亦「爬上」了「岸邊」，特諾奇提特蘭便宣告修建完畢，「再不會有石子投入湖中了」，一座巨城固若金湯地屹立於特斯科科湖上。「雨的流蘇」浪漫，太陽的「霞光」燦爛，這些詩化的描寫不僅讓人聯想到阿茲特克帝國首都的美輪美奐，更與

7 Henry B. Nicholson, "Religion in Pre-Hispanic Central Mexico," *Handbook of Middle American Indians*, vol.10(Austin: U of Texas P, 1971), 395-446.

城中大金字塔雙廟祀奉雨神、太陽神的史實相應。所謂「天上湖上」的「對話」，「湖上」指人間，接通諸天，即指人們有著恆定的宗教探求，與特諾奇提特蘭以信仰為核心的特徵完全吻合。這樣反過來讀，〈湖〉第三行的「化散成霧」，可能又隱指阿茲特克的至上神靈——稱為「煙霧鏡」、「鏡中煙霧」的泰茲卡特里波卡（Tezcatlipoca）。泰茲卡特里波卡被視為無所不在、無所不能的主神，不單守護術士，更是人類命運的掌控者，在阿茲特克眾神中自然有較高的代表性。

卡夫截句詩中，〈我〉與白靈的〈湖〉有著最明顯的呼應：

躺下是一座孤島

站起來
一群飛鳥掠過耳畔

那無中生有的特諾奇提特蘭本來只是人工堆成的「孤島」，到各式宗教建築物「站起來」後，天上、湖上的對話展開，「一群飛鳥」就頻頻「掠過耳畔」了——只要回顧墨西加人的建城傳說、卡夫的〈信念〉和白靈的〈一朵白雲抹亮了湖心〉，我們實在不難發現「鳥」與神靈的啟示息息相關。卡夫的意思是：奉祀諸神的場所建好，神諭即時時降臨於特諾奇提特蘭巨城，在眾人的耳際一再「掠過」，發出不同的指引，而這亦正是白靈所言的「冷靜而燦爛的對話」。

阿茲特克的祀神儀式在今日看來頗為血腥，常拿大量活人獻祭，卡爾維諾的〈蒙特祖瑪〉卻以非常正面的筆觸加以解說：「不論何時何地人們汲汲營營的目標只有一個：不讓世界分崩離析。只是方法不同而已。獻祭的血對我們城市的每一個湖泊和花園都是必要的，猶如灌溉，好比開闢河渠。」[8]「我們的世界秩序卻建立在贈與上。唯有贈與，神賜的禮物才會繼續滿足我們所需，太陽才會每天昇起啜飲泉湧的鮮血……」[9]白靈〈意志〉裡同樣對活人獻祭有美好的想像：

> 戰士們鴉雀無聲
> 齊聚於火光沖天的殿堂
> 在神前獻上割下的耳朵，和腳
> 繼之以灼烤後的心肝
> 那無以名之而歷史上稱之為「詩」的東西……

廟宇「火光沖天」，熱鬧紅火，群眾都期待祭儀的進行；重視光榮的「戰士們」則以嚴肅態度參與其事，表現為「鴉雀無聲」。陷入精神狂迷的阿茲特克祭司會用刀切割自己的「耳朵」，等到被獻者的「腳」邁至祭壇前時，他們便以鋒利的黑曜石剖開其胸膛，取出熱血淋漓、彷彿「灼烤後的心肝」，供奉神祇。〈意志〉的篇末以「詩」來形容大典中的犧牲，乃是肯定了活人祭的莊嚴和優美，從較為正面的角度來看待整場流血隕命的活動——這自然是阿茲特克人本身的觀點。

談到優美，不得不說到阿茲特克獻祭活動中的「扮神者」。外

[8] 伊塔羅・卡爾維諾（Italo Calvino），〈蒙特祖瑪〉（“Montezuma”），《在你說「喂」之前》（*Before You Say “Hello”*），倪安宇譯（臺北：時報文化出版企業股份有限公司，2001），197。

[9] 卡爾維諾，196。

貌姣好、風度出眾的人會獲選為至高神泰茲卡特里波卡的扮演者，為期一年。一年間，這位扮神者會接受國內最佳的待遇，由統治者為其穿戴華麗衣飾，獲得男侍、女奴和少年導師，並享受眾人對他無可估量的愛慕，而其任務不外乎學習優雅自如地把弄一根菸筒、笛子和花朵。卡夫截句詩〈寫詩〉謂：

是誰？生我為淚

要我　捨身

串成妳手中那如花盛開的念珠

惟詩　方可打結

扮神者待遇如此優厚，因何怨嘆生而為「淚」？原來在代替國君統管特諾奇提特蘭四天之後，扮神者就得登上祭壇，釋下華貴衣服、離棄奴婢侍從，把象徵物質世界的一切，盡皆撇下——他的風度，他的美貌，他的顯榮，都終歸於無有，連性命也得交出——在祭典中流血「捨身」，乃是其「生」存的唯一目的。鮮血噴灑，阿茲特克人有時視之為供奉雨神的玉米之「花」；扮演神明的祭品也有著戀慕自己的人，此刻她目睹所愛犧牲，禁不住內心淌血，流下思「念」淚「珠」[10]，一樣「如花盛開」，場面使人興悲。

如何，才能使哀傷「打結」？答案是給予這場祭典各種「無以名之」的象徵意義。例如，扮神者在踏上神廟的第一個台階時，會弄壞於受撫養期間所學習吹奏的一根橫笛，到第二個台階，則

[10] 以「念珠」為「淚珠」，實有所本。卡夫〈寫詩〉的另一版本題為〈在路上〉，其文謂：「時間串起所有淚珠／惟詩，方可打結」。

弄壞第二根，直至全部橫笛都損毀為止，寓意既已獲得終極的真理，就不再拘泥於今生的認知。這種隱喻式的表演，白靈「稱之為『詩』」，卡夫也以「詩」和「寫詩」形容，同意它近於藝術，為活人獻祭添上特殊的意義，觀點頗為正面。更直觀的解說則是：在祭典的尾聲，扮神者會忘我地頌唱，禮讚「繁花之死」，以「詩」的形式表述人在世間如曇花一現。詩，於是便誕生在那「我不再活著」的、「愛與死的間隙」[11]中，成為臨終者情感宣洩的最佳載體。

四、神靈的世界

白靈具體寫到的阿茲特克神靈，以〈乳〉中的開尤沙烏奇（Coyolxauhqui）最為精彩。開尤沙烏奇是太陽神胡伊齊洛波契特里的邪惡姐姐，代表月亮，曾領著代表星辰的眾兄弟一同謀害未出生的太陽神，最終卻被跳出來以「火蛇」迎擊的幼弟消滅。白靈的〈乳〉詩寫道：

可以碰觸可以握、之溫柔
舌尖下，聳入你底靈魂
光都滑倒的兩捧軟玉
荒涼的夜裡
顫動著的金字塔啊

---

11 《我不再活著》及《愛與死的間隙》，分別為卡夫和白靈的詩集。

其中提及「荒涼的夜」，影射的便是月亮神祇敗戰之事。在特諾奇提特蘭，太陽神大金字塔的最底下一階，阿茲特克人放置了開尤沙烏奇的巨大石盤浮雕，描摹她被嬰兒胡伊齊洛波契特里攻擊而四分五裂的一幕，讓她繼續受太陽神信徒的踐踏。不過，身為敗者的開尤沙烏奇仍呈現出柔性與剛性之美。柔性方面，浮雕的中心主體是這名女性神祇的一對乳房，長形無瑕疵，猶如百合花般柔美，有著「可以碰觸可以握、之溫柔」；加上線條平滑，彷彿是能令「光都滑倒的兩捧軟玉」。剛性方面，浮雕上的開尤沙烏奇戎裝登場，配戴鈴、耳栓和鷹式頭飾，膝蓋、肘部、鞋跟上皆刻有生長獠牙的臉，即使死亡一刻，其斷裂的四肢仍充滿生氣地舞著踏著，令人驚悸不已，此所以白靈讚歎：「顫動著的金字塔啊」[12]！

白靈另首五行詩〈鷹與蛇〉則涉及了其他阿茲特克的神祇：

> 整座天空貼滿牠們荒謬的翅影
> 唯我仍能倒掛，懸崖上假裝是一根枯枝
> 幾顆蛋顫抖地在鳥巢中等我
> 寂靜多麼可怖，只等田鼠或白兔被追成不幸
> 鷹眼中，滑不溜丟的盜蛋蛇，是我

蛇在阿茲特克的神靈世界裡是非常重要的形象，如寇阿特里姑（Coatlicue）、希瓦寇阿托（Cihuacoatl）、尤伊托希爾托（Uixtocihuatl）和米希寇阿托－卡馬希特里（Mixcoatl-Camaxtli），其名號即分別為「蛇裙」、「蛇女」、「七蛇」與「雲蛇」。白靈〈鷹與

---

[12] 李建群，〈血與火的文明——阿茲特克雕刻藝術初探〉，《美術》10（1987）：58。

蛇〉的敘述主體「我」也是蛇，常強調蛇的靈巧，這與眾多蛇形象神祇的可頌之力相合。阿茲特克最著名的神則為蓋策爾寇阿托（Quetzalcoatl），其名字的意思是「寶貴羽毛蛇」，在祂的蛇皮之上，佈滿著長條的羽毛——這形象跟「鷹與蛇」可產生直觀的對照。由於蓋策爾寇阿托遭到放逐，被迫離開巨城特諾奇提特蘭，祂視上述諸神為竊奪其位置的「盜蛋蛇」，誓言終有一天要回來向祂們復仇——有羽毛的蓋策爾寇阿托以「鷹」為代表，與「蛇」相鬥，這便是白靈〈鷹與蛇〉情節展開的背景脈絡。

卡夫的截句詩〈求知〉延續白靈的「鷹」、「蛇」書寫，亦以蓋策爾寇阿托與諸神的紛爭為題材，寫「盜蛋」之「蛇」在趕走其視為「荒謬」之「鷹」後，如何地得意洋洋：

翻開書頁
一隻鳥飛了起來
越飛　越高　越遠

一條蛇向天空伸了個懶腰

蓋策爾寇阿托本是祭司知識之神，發明了書籍和曆法，但祂被驅逐之後，人們「翻開書頁」，就只會想到這位像「鳥」般長滿羽毛的神「飛了起來／越飛　越高　越遠」，影響力愈來愈小。與蓋策爾寇阿托對峙的眾多「蛇」形象之神，也就樂得「伸了個懶腰」，悠閒度日，鮮少提防這位聲言復仇者的歸來。要到西班牙人踏進阿茲特克帝國時，特諾奇提特蘭的統治者才忽然驚覺：蓋策爾寇阿托要回來懲罰眾神，及祂們的信徒了……

五、外敵的入侵

1519年終，埃爾南・科爾特斯（Hernando Cortés, 1485-1547）與他的西班牙部隊首次和阿茲特克文明碰面，在雙方浮淺的相互交流中，西班牙人猛然發起對阿茲特克的侵略行動，扣押其國君蒙特蘇馬二世（Moctezuma II, c. 1466-1520）。在與其他西班牙部隊發生衝突及激起阿茲特克人暴動後，科爾特斯及其部屬曾一度被迫退出特諾奇提特蘭，隨即卻又聯合中美洲的其他族群，合力攻打阿茲特克巨城。繼承蒙特蘇馬二世的庫瓦赫特莫克（Cuauhtemoc, c.1495-1525）儘管頑強抵敵，其皇城終於1521年8月陷落，西班牙征服者贏得戰爭，並在原地建設所謂的「新西班牙」[13]。白靈〈颱風II〉詩謂：

> 把六百公里的風雨摟成一球，海要遠征
> 狂飆的中心藏著慈祥透明的眼睛
> 愛要孔武有力，總是摟著恨，不懈千里
> 狠狠一擊，大海對大陸，流動對不流動
> 靈對肉，千軍萬馬地咆哮、踐踏……

西班牙入侵者從大西洋的另一端越「海」而來，「不懈千里」地發動「遠征」，務求擴大勢力版圖；與之相對，阿茲特克乃中美洲的「陸」上霸權，兩者構成「大海對大陸」的異文明較量，而在

[13] 西班牙入侵阿茲特克的基本史料，可參貝爾納爾・迪亞斯・德爾・卡斯蒂略（Bernal Diaz del Castillo），《征服新西班牙信史》（*The Truthful History of the Conquest of New Spain*），江禾、林光譯，上下冊（北京：商務印書館，1991）。

殖民競賽中急速冒起的西班牙人代表「流動」，步入穩定階段的阿茲特克人則趨向「不流動」[14]，此即白靈所言的「流動對不流動」。

關於「靈對肉」，西班牙征服者以滿足「肉」慾為目標，他們對阿茲特克的藝術、文化毫無興趣，在特諾奇提特蘭貴族相迎及饋贈禮物時，輕視象徵統治領域廣闊的鳥羽，只知道撲向黃金。為贏得戰爭，他們把具有極高歷史價值的阿茲特克皇城夷平大半；為便於把財寶運回歐洲，他們熔掉飾有黃金的藝術品。至於擄掠美貌女子、年輕男孩，以滿足獸性，則更是西班牙入侵軍過重「肉」慾的明證。阿茲特克的守衛者則一再強調「靈」界的力量，例如當皇城陷落在即時，阿茲特克人派遣一名偉大戰士穿起大咬鵑鴞衣裝，向敵軍擲出戰神的燧石尖鏢——他們相信，該名戰士若兩度命中目標，即預示阿茲特克人終能獲得勝利；到城破以後，阿茲特克的神廟祭司仍優先考慮運走重要神像，不肯捨棄「靈」的精神支撐。

此外，相較於勇毅不屈的阿茲特克抵抗者時常強調戰士之「靈」，西班牙人則更重視保全「肉」身。他們除了用十字弓和大砲遠距離置人於死外，更會在戰場上恬不知恥地逃躲敵人，甚至為避免接戰，轉以飢餓為手段，迫使阿茲特克的戰士及平民屈從。凡此種種，都是阿茲特克人所蔑視的、缺少戰士風範之舉。

〈颱風II〉還有兩個細節值得注意，一是「狂飆的中心藏著慈祥透明的眼睛」，既可理解為科爾特斯與蒙特蘇馬二世初期接觸時偽裝出的無惡意，亦可詮釋為西班牙軍以宣揚基督教「愛」的福音為目的，但在過程中卻每每以「孔武有力」的行為慘烈地迫害了美洲原住民。二是「千軍萬馬」，按入侵阿茲特克的西班牙人本身不

[14] Gordon R. Willey, "Horizontal Integration and Regional Diversity: An Alternation Process in the Rise of Civilization," *American Antiquity*56.2(1991): 198-208.

足千名，「千軍」之數，乃科爾特斯與特諾奇提特蘭周邊族群締盟擴軍後的成果；阿茲特克人與西班牙人碰面之前，並不知道「馬」為何物，後來「萬馬」卻成為輾壓中美洲徒步戰士的利器，讓阿茲特克大吃其虧。

繼白靈的五行小詩以宏觀角度概覽整場戰爭後，與之分進合擊的《卡夫截句》試圖為西班牙、阿茲特克之戰的各個階段補充細節。首先是最初階段蒙特蘇馬二世與科爾特斯會面，卡夫〈我的玫瑰〉云：

讓我緊緊抱著妳
刺　就不見了

血流乾了
我的心還是比妳紅

西班牙遠征隊大破塔巴斯科（Tabasco）土著，消息傳到特諾奇提特蘭後，蒙特蘇馬二世主動向科爾特斯致送厚禮，條件是後者須撤軍離開阿茲特克。科爾特斯對蒙特蘇馬的饋贈毫不推辭，但卻從未想過班師，反而調動兵馬，逕向阿茲特克的主城挺進。面對來勢洶洶的敵人，搞不清狀況的蒙特蘇馬決定「緊緊抱著」對方，認為通過親善的交涉，「刺　就不見了」，衝突可以敉平。為此，他竟然引狼入室地邀請科爾特斯進駐皇城，而科爾特斯則在發現城內寶藏後，強迫蒙特蘇馬搬來與自己同住，方便就近監視，令特諾奇提特蘭的霸主變成了西班牙的階下囚。當時，科爾特斯急不及待地向受挾持的蒙特蘇馬推介天主教，並斥責阿茲特克把「血流乾」的活人犧牲；一路對侵略者委曲求全的蒙特蘇馬終於反駁，天主教的聖餐禮吃神的肉、喝神的血，更加野蠻殘忍。聽到中美洲霸者「我的心還是比妳紅」的宣言後，科爾特斯頗感惱怒，本意是讓蒙特蘇馬改信基督的此一聚會不歡而散。按：卡夫在詩中以「妳」稱呼科爾特斯，原因是這位統帥一直對蒙特蘇馬陽奉陰違，常使詭計，欠缺該時代男性戰士的英雄氣，這和白靈以「肉」來貶低西班牙侵略者，實在是相一致的[15]。

卡夫的截句詩〈鐘〉一題三則，截取了蒙特蘇馬二世被囚後的三個畫面、三個階段，通過跳接，準確而典型地繪出阿茲特克國君在西班牙人武力脅迫下的卑屈情境，手法高明：

01

獄卒來回走動
計算著釋放我的時間

02

獄卒來回走動
尋找著自己的空間

---

[15] 卡夫〈我的玫瑰〉最後兩行，乃係轉化自阿茲特克的一首詩歌：「沒有人能夠永存於世。／我們的身軀就如同那玫瑰——／花瓣綻放，凋零，然後死去。／但我們的心就如同春天裡的草，／它們堅韌地活著，春風吹又生。」詩文中譯，見泰瑞・狄利（Terry Deary），《狂暴易怒的阿茲特克人》（*The Angry Aztecs*），馬丁・布朗（Martin Brown）繪圖，陳薇薇譯（臺北：知書房出版社，2005），140。

03

獄卒來回走動

計算著我們之間還有的距離

蒙特蘇馬二世主動讓西班牙人進入特諾奇提特蘭城，原意是在交流中顯示自身的偉大，沒料到野心勃勃的西班牙人馬上將其挾持，不僅直視這位霸主的臉，更推他、戳他，還給他戴上屈辱的鐐銬。卡夫寫西班牙「獄卒來回走動」，試探落難的蒙特蘇馬，先是略帶擔憂地，「計算」著要不要「釋放」高貴的人質；接著是大起膽來，「尋找」自己的「空間」，擠過去接近、觸碰、戲弄囹圄內的帝國之君；在羞辱過蒙特蘇馬後，「獄卒」變得趾高氣揚，竟「計算」起雙方之間「還有的距離」——他覺得自己升高，而蒙特蘇馬墜落，原先兩者地位上的「距離」已全然消除了——發展至此，蒙特蘇馬二世的威名可謂喪盡。

一段小插曲是，與科爾特斯不諧的古巴總督眼紅前者的輕易成功，於是派潘菲洛・德・納爾瓦埃斯（Pánfilo de Narváez, 1478-1528）率大軍前往阿茲特克，意圖收割科爾特斯的冒險成果。科爾特斯委令佩德羅・德・阿爾瓦拉多（Pedro de Alvarado, c. 1485-1541）留守特諾奇提特蘭，親自領兵迎擊納爾瓦埃斯，西班牙人內部的軍事衝突正式爆發。趁此良機，蒙特蘇馬二世應該集結國中力量，驅逐皇城內喧賓奪主的西班牙人才是；但這位曾帶領阿茲特克勇士贏得無數場戰爭的霸者，此時卻忽然畏縮起來，選擇坐以待斃。未幾，阿爾瓦拉多無預警地在一場盛大慶典中屠殺了逾六百名阿茲特克貴族精英，憤怒的阿茲特克人立即起事，自發攻擊駐於特諾奇提

圖一：科爾特斯與蒙特蘇馬二世
（Left: José Salomé Pina, *Hernán Cortés*, c. 1879; Right: Antonio Rodriguez, *Portrait of Moctezuma II*, c. 1680-97）

特蘭城內的西班牙軍。卡夫的〈僅此一次〉說：

> 在風也過不來的地方
> 用身體鑿開黑夜
>
> 鏤空的影子
> 正在過濾燒燼前的聲音

凱旋歸來的科爾特斯驚見城中劇變，西班牙人遭到原住民重重圍困，他的應對之策，乃是請蒙特蘇馬二世代為勸退起事者。蒙特蘇馬自知已是「鏤空的影子」，因一味附和入侵者而失去民眾的尊重，本不欲出面調停；但科爾特斯承諾事情結束後，他會領西班牙軍主動撤走，蒙特蘇馬遂答應在此「風也過不來」的緊張時刻，前往群眾萬頭攢動的「地方」，嘗試「用身體鑿開黑夜」，以權威性的、「燒燼前的聲音」演說，挺「身」為前途黯淡的西班牙人排難解紛。卡夫的〈雕像一〉繼續寫道：

要我如何相信
只能仰望你

頭　頂著天空
就不會說謊

帝國臣民最初仍畢恭畢敬地聆聽蒙特蘇馬講話，孰料這位曾經的霸者竟媚外地稱西班牙人為自己的朋友，群眾的怒火因而燃得更熾，直指蒙特蘇馬二世一邊「頭　頂著天空」，一邊在「說謊」，教人「如何相信」，實在不值得「仰望」。他們把蒙特蘇馬貶斥為只配做紡織工的女子，把箭矢、石彈射向他——企圖「用身體鑿開黑夜」的國主這番連中三彈，頭被「鑿」穿，其「鏤空的影子」頹然倒下，「聲音」也「燒燼」了。

利用蒙特蘇馬作呼籲無效，西班牙軍受著阿茲特克人的持續攻擊，漸漸彈盡糧缺，科爾特斯不得不考慮讓部隊於夜間突圍。他表面上與阿茲特克人議和，目的只為令對方放下戒心，暗地裡他命人趕製一種可隨身攜帶的橋，以備用來逃離圍繞著特諾奇提特蘭的大湖。卡夫的〈主義〉記道：

眼睛都躲在窗下
雙手一推，驚見
所有耳朵豎起來，等

第一聲槍響

同收《卡夫截句》的〈巡〉則謂：

一左　　　刺刀　　　一右
挑　　　路上夜色　　　開

　　　一個不小心
包　　　腳步聲　　　圍

西班牙人整天「眼睛都躲在窗下」，緊張兮兮的；好難得熬到約定時間，就一齊「雙手一推」，開門離開陣地，「一左」、「一右」，並肩前行，挎著「刺刀」，「挑開」那「路上夜色」，搶向通往特拉科潘的道路去。但旋即，這些侵略者便「驚見／所有耳朵豎起來」——他們「一個不小心」，竟被「巡」邏的阿茲特克士兵發現，警報拉響，全城守衛國土的勇士火速集結起來，令人震懾的「腳步聲」四面八方地「包圍」起企圖逃跑的部隊。無可奈何，計畫遭打亂的西班牙軍只好被動地「等」待統帥的命令，是繼續沒命地逃跑，還是，砰——科爾特斯已鳴起針鋒相對、表示迎戰的「第一聲槍響」！

戰鬥開打，亂紛紛的西班牙軍狂吼著殺至橋邊，阿茲特克方面卻早有數百條獨木舟在湖上守候著，亂箭齊發，打得欲奪路而逃的入侵者狼狽不堪。卡夫的〈吻〉描述了西班牙士兵的苦況：

舌在嘴裡狂飆
唇在越來越小的床上
翻滾

夜　無處可逃

這些失意的入侵者「唇」乾「舌」燥，喉頭冒火，但無論如何虛張聲勢，「舌在嘴裡狂飆」，罵敵人也好，激勵己方士氣也好，他們當中不少人都躲不過被擄到獨木舟上的命運，「在越來越小的床（船）上／翻滾」[16]不已。不，仍把「越來越小的床」理解為讓人躺著的「床」亦可——被擄的西班牙士兵被成批送上神廟祭壇這張「床」，剖胸取心，供奉阿茲特克的神祇；他們一直「翻滾」掙扎，但慢慢就變為全身抽搐，疼痛至極而亡。經此一役，西班牙人損失慘重，火砲全部遺落，戰馬佚失大半，科爾特斯與阿爾瓦拉多帶傷走脫，但麾下最少逾百名西班牙兵被俘被殺，這還不計那些與科爾特斯聯合的美洲盟軍。他們沮喪地稱不堪回首的這一仗為「悲痛之夜」（La Noche Triste），一提起，便想到「夜　無處可逃」的恐怖[17]。

---

[16] 將「船」誤唸作「床」，正合於西班牙人「唇」枯「舌」焦的狀態。

[17] 卡夫〈吻〉另有兩個修改版，結尾分別為：「一分鐘比一世紀長」、「今夜開始無處可逃」，此則與「悲痛之夜」時西班牙人逃亡的心情相合。

圖二：逃離特諾奇提特蘭的西班牙軍
（*The Sad Night*, second half of 17th Century）[18]

科爾特斯不會善罷甘休，他再次與中美洲城邦特拉斯卡拉（Tlaxcala）合兵，組成龐大遠征軍，反攻並包圍特諾奇提特蘭。特諾奇提特蘭裡，奎特拉瓦克（Cuitláhuac, c. 1476-1520）於繼承蒙特蘇馬二世後不久病逝，君主之位已由庫瓦赫特莫克接替。庫瓦赫特莫克是智勇雙全的明君，藉製作長矛及於特斯科科湖埋下木樁，曾一度有效地阻遏西班牙騎兵和雙桅帆船的進攻；但阿茲特克的軍事科技畢竟遠遠落後於入侵者，《卡夫截句》即特別強調西班牙火器在戰場上的優越性，如〈瞄〉：

[18] 本文圖二至圖四均見於Jay I. Kislak Foundation網頁。該站上載多幅十七世紀後半期的油畫，歷述科爾特斯由征戰塔巴斯科到逮捕阿茲特克末代君主的過程，值得細賞及參考。連結為：https://www.kislakfoundation.org/collectionscm.html#row2。

右眼是一顆子彈

上膛了

一個一個一個一個

倒地了[19]

又如〈末路〉：

槍管多長

我的黑夜就多深

血就流多遠

影子　也不留下

西班牙的火槍快，令守城者「一個一個一個一個」接連倒下；狠，一擊即致人於死，令受創者「倒地了」、「血就流多遠」；準，清除敵人絕不遺漏，連「影子　也不留下」。所以當阿茲特克守軍看見西班牙人舉槍，他們的心裡就暗嘆「槍管多長／我的黑夜就多深」，內心失去希望[20]。

失去希望的心情，還見於卡夫的〈痛〉中：

點亮一盞燈

[19] 除了放在西班牙、阿茲特克最後決戰中理解外，這首詩也可能是寫前述科爾特斯與納爾瓦埃斯的衝突。該場戰鬥中，科爾特斯軍「瞄」準納爾瓦埃斯射擊，打瞎了後者的「右眼」，潰敗的敵人亦被他們打得「一個一個一個一個／倒地了」。

[20] 卡夫〈瞄〉中的「子彈／上膛」，蓋指填充滑膛槍的火藥。

眼睛成了驚弓之鳥
槍都上膛了

我不過是想寫一首詩

許多阿茲特克勇士訓練一生，獲得超卓戰技，就是為了以生命「寫一首詩」，在與敵人決鬥時譜出輝煌。可是這次，皮膚白皙的掠奪者總是逃避近身較量，只以「上膛」之「槍」遠距離地進行殺戮，使一身好武藝的阿茲特克英傑無從施展。當城內神廟的「燈」如常「點亮」，阿茲特克人又一次看見西班牙軍「槍都上膛了」；由於無法消除敵人在攻擊範圍上的優勢，城內的臣民徒然變成「驚弓之鳥」，時刻惶恐不安。

惶恐不安的阿茲特克軍確實也曾想過反擊的，但談到命中敵人時最有效的武器，可能竟要說到那些沉重的木棍。原因是：西班牙人的鎧甲堅實，內部填滿棉料，能夠卸去箭鏃、矛頭的衝擊。卡夫在截句詩〈如果〉裡，就曾刻劃出一位大嘆無奈的阿茲特克弓箭手：

前世不是一把弓
今生怎能化身為箭
奮力拉開天地

哪裡是我的日月

圖三：西班牙攻陷特諾奇提特蘭
（*The Conquest of Tenochtitlán*, second half of 17th Century）

守城者在其言詞中，透露出對「弓」和「箭」的種種疑問：且不說「前世」就「不是一把弓」，即使「今生」他能在所置身的戰場上「化身為箭」，難道便可「拉開天地」，靠「奮力」扭轉乾坤麼？像對前世是弓、今生為箭的否定一樣，守城者對回轉天地這一大哉問同樣是徹底無望的——西班牙軍圍城已足足九十天，但「哪裡是我的日月」呢？有哪一日、哪一月，是阿茲特克軍能夠在日月普照下揚眉吐氣地反擊敵人的嗎？孤臣無力可回天，不，是無力穿透侵略者的鋼製鎧甲——整座特諾奇提特蘭城漸漸因處於劣勢，而滑向迷失茫然、士氣崩潰的邊緣。

說到底，阿茲特克和西班牙遠征軍存著明顯的軍事科技差距，除了火槍對弓箭、十字弓對長矛外，鋼劍對木棒、砲彈對勇氣、騎馬的軍隊對徒步的鬥士，這些都讓西班牙人的獲勝變得毫無懸念。卡夫在〈距離〉裡提到：

> 伸長了手
> 也捉不住擦身而過的聲音

這「擦身而過的聲音」，可以是火槍射擊聲、砲彈爆破聲，可以是戰馬嘶鳴馳突之聲，之所以「擦身而過」，往往是由於其速度太快，阿茲特克人尚未反應過來，就被「聲音」撕碎、扳倒。受威脅的後者當然沒法子「伸長」一下手就接住槍彈、挽住砲擊、牽住鐵騎，以整個國家的軍事發展程度來說，農業文明的阿茲特克「伸長了手」，也是無以夠得上工業文明的西班牙的。

深知敗局已成的統治者庫瓦赫特莫克於是有了跟科爾特斯談和的打算，但因祭司們極力勸阻，他有點拿不定主義。卡夫的截句詩〈這樣就過了一天〉如是寫道：

> 剛過下午
> 夜就來敲門
> 開不開門　無處可逃
>
> 反正我是向晚的黃昏

阿茲特克人在「悲痛之夜」驅逐西班牙軍，時間不遠，初登位的庫瓦赫特莫克還未喘息得夠，感覺上「剛過下午／夜就來敲門」，科爾特斯和他的盟軍又來壓境，並且打進城區了。被圍九十

圖四：庫瓦赫特莫克為西班牙人所俘
（*The Capture of the Mexican Emperor Cuahtemoc*, second half of 17th Century）

多日的庫瓦赫特莫克是傾向「開門」獻地、投降罷兵的；祭司則建言「不開門」，要頑抗到底。可庫瓦赫特莫克心裡知道，抵抗與否，他都將「無處可逃」地，要屈服於來自異邦的侵略者。為甚麼呢？庫瓦赫特莫克觸目所見，乃是特諾奇提特蘭城籠罩在一片「向晚的黃昏」中，民眾病懨懨的，除了是受糧水不足的影響外，更似是受到某種不知名的疫症襲擊。若是拒不談和，巷戰開打，憑著身體狀況如此惡劣的臣民，庫瓦赫特莫克又能抵敵多久呢？這位統治者唯一能做的是：讓人民展開巷戰，拖延敵軍；他自己乘獨木舟離開，往特拉特洛爾科（Tlatelolco）找機會謀求再起。只可惜，他還是避不開「無處可逃」的命運，小舟被科爾特斯的下屬截獲——阿茲特克帝國，也因而正式「向晚」了。

卡夫在〈真相〉裡這樣揭示：

> 砰！
>
> 所有的腳一哄而散
>
> 風低頭路過
> 不語

西班牙軍隊控制住已被夷平大半的特諾奇提特蘭，城中原先的居民不是「一哄而散」地逃亡，就是因傷病不得不留下來，受仇敵管束，對耀武揚威、抬首挺胸的征服者敢怒而不敢言，彷彿隱形的「風」般，在一旁「低頭路過」，謹慎地保持沉默「不語」——沒辦法啊，西班牙軍持有火槍，「砰」的一聲，足以致命。誰又有那個膽量忤逆他們呢？但白靈〈颱風II〉已說過：繼「千軍萬馬地咆哮」後，阿茲特克人將要承受的乃是「踐踏」，其坎坷的命運，現在才要展開。

六、敗者的命運

阿茲特克人家園盡毀，屍填溝壑，其國主遭敵軍俘擄，祭司們被群犬扯爛，而尚存活的男女老幼皆淪為奴隸，觸景傷情，遂在廢墟中嗚嗚然唱出哀悼之歌：「斷矛倒在道路上；／我們悲痛地撕扯頭髮。／房屋如今已沒有頂了，屋牆／染血而成紅色。」[21]白靈遠隔五百年，以〈歌者〉與之和應，吟道：

> 她的喉嚨是我失眠的原點
> 淋不濕的歌聲不肯成眠
> 像昨天的噩夢，飄過
> 雨溶溶的夜，恣意地迂迴於
> 我左耳與右耳的小巷之間

白靈想像阿茲特克的歌者為女性，其「喉嚨」吐出的哀怨、「淋不濕的歌聲」，著著實實使翻閱史冊的讀者「失眠」。白靈說「噩夢」恣意地在左耳右耳蕩漾，這固然是和阿茲特克人輾轉無寐、「不肯成眠」的「悲痛」相似，而〈歌者〉那一「小巷」的比喻，引進空間情景，實是阿茲特克人歌中血染牆、屋破頂的延伸，領人走進國破家亡的悲傷夢境，在「雨溶溶的夜」裡倍感哀慟。

悵望千秋一灑淚的不只白靈，還有卡夫。在《卡夫截句》中，〈所以，留白〉即回應愁唱「斷矛」的歌聲，發出了在詩人心底迴響的期盼：

> 我打開詩的溫度
> 再深的意象也承載不了過重的悲傷
>
> 所以，留白
> 讓流血找不到更多的藉口

[21] 克蘭狄能，365。

卡夫認為阿茲特克人的歌是有感受、有「溫度」的「詩」，但對比起民眾實際遭遇的悲痛，即使如「斷矛」這一「深」刻的「意象」[22]，卡夫認為還是「承載不了」出力「撕扯頭髮」式的、「過重的悲傷」。他想像自己置身於「如今已沒有頂了」的房子，昂起頭，天空正一片「留白」；他乃對天呼籲，祈求世間也變得清明，使「流血找不到更多的藉口」，不必再現阿茲特克廢墟上那一面面「染血而成紅色」的牆。

卡夫設想淪為僕隸的人活在西班牙征服者的頤指氣使下，性命毫無保障。他們想要逃走，但西班牙的鞭子、利刃卻絕不輕貸。受著壓迫的人，唯有在夢裡寫「詩」，如卡夫〈寫詩的人〉所述：

> 穿入雨隙
>
> 風聲中追逐想像
>
> 都是夢的釋放，都在
>
> 邊界之外……

他們「追逐」自由的「想像」，在夢中「穿入雨隙」，冒雨遁走，越出湖上的大城，越出「邊界之外」，越出西班牙人的魔掌。不過一覺醒來，他們又得從「夢的釋放」裡回轉，被束縛、被奴役，直至死亡，苦不堪言[23]。「穿入雨隙」是虛，脫不出白靈所說

---

[22] 長矛是阿茲特克人在圍城戰中刻意設計，用以抵禦西班牙人騎兵的重要兵器，「斷矛」既是實寫敗方破損的武器散落一地，亦示意防守的徹底崩塌，更象徵阿茲特克帝國的霸業中斷，含義豐富。

[23] 次佳的詮釋，〈寫詩的人〉亦可指前述在「悲痛之夜」試圖突圍離開特諾奇提特蘭城的西班牙部隊。他們冒雨前進，「穿入雨隙」，在戰鬥的「風聲」中「追逐」順利逃生的「夢想」。「夢想」的終點，自然是在湖上巨城的「邊界之外」。

的「雨溶溶的夜」，才是事實。

如同白靈〈颱風II〉所述，當時的西班牙入侵者重視「肉」慾，喜歡一種「孔武有力」的「愛」；那些阿茲特克女性奴隸或外貌姣好的男僕，就都有著較高風險，隨時會遭受性侵。接續著〈寫詩的人〉，卡夫在〈詩念〉裡說道：

纏得越久

　　　　掙得越急

　　　　　　　　纏得更緊

哪裡是我的曠野？

奴隸被捆綁凌辱，那繩子「纏得越久」，他們便「掙得越急」，可西班牙人哪肯鬆綁，於是把繩「纏得更緊」，讓被侵犯者無處逃避、無從防範。奴隸們喊出一句：「哪裡是我的曠野？」這「曠野」實質便是〈寫詩的人〉所提及的「邊界之外」，只有逃出征服者全面控制的城池，阿茲特克人才有重獲自由的可能。

白靈《五行詩及其手稿》裡的〈不枯之井〉，說的則是女奴逃跑，但畢竟會被追回凌虐，其內文謂：

你說不能哭，坐我胸口那塊頑石點點頭

你說井不能枯，吊我心上那木桶也點了頭

但就在昨夜，我聽到草原深處

一口愛哭的井哭了一整夜，哭出今晨

眼前這一大片湖泊，漂我的床來你窗口

同伴提醒她「不能哭」，要靜靜離開，她「點點頭」；同伴說希望如井，「不能枯」，她又「點了頭」。到她成功逃出已更名為墨西哥城的特諾奇提特蘭後，來到「草原深處」，她終於忍不住「哭了一整夜」。結果呢？哭聲讓她被仇敵發現，在「晨」間，她又被押回墨西哥城所在的那「一大片湖泊」，物歸原主，一張「床」就這樣「漂」回受苦同伴的住處，置身在西班牙人「窗口」的凝視下，不得不在「床」上獻出肉身，失去靈魂[24]。

回應白靈〈不枯之井〉，卡夫以〈餘生〉寫男性奴隸：

> 妳的哭喚鑿開一條隧道
> 千繞百轉　風也逃不掉
> 我一路爬行
>
> 如果明天還在

詩中的「我」，乃指較少機會遭受性暴力的男奴。他聽見逃跑的「妳」忍不住號哭，「哭喚鑿開一條隧道」，卻終於無法通到西班牙人控制的領域之外，「千繞百轉　風也逃不掉」，內心非常欷歔。不敢逃的「我」低頭做人，俯首聽命，「一路爬行」，表現恭順，但其實征服者因一時之怒，就可隨意將他殺掉，他也不得不惶惶然自問：「明天還在」，會嗎？

這名男奴的擔憂實屬正常，因為連阿茲特克帝國的末代君主庫瓦赫特莫克亦難以自保。科爾特斯曾讓庫瓦赫特莫克繼續出任特

[24] 本文對〈不枯之井〉的詮釋，略異於〈沒有一朵雲需要國界：白靈「五行詩」VS阿茲特克史〉的讀法，兩者可互相補充，呈示阿茲特克人亡國後的悲慘遭遇。

諾奇提特蘭名義上的統治者，但這僅僅是穩定城內秩序的手段；未幾西班牙人即露出猙獰面目，肆意羞辱曾與他們對抗的庫瓦赫特莫克。卡夫在〈老兵不死〉裡說：

…不需問
……不許問
………不該問

活著只能坐在方格子裡　等

西班牙人為了追問黃金的下落，無情地向庫瓦赫特莫克施以嚴刑，不僅拷打他，還用油燙、用火燒他的腳。其中一次，西班牙人安排一名大臣與庫瓦赫特莫克躺在床上，然後在底下燃起木炭，那大臣忍受不住，遂哀求主君讓他供出寶物所在。庫瓦赫特莫克卻只平淡回應：「你認為我是睡在鋪滿玫瑰花的床上嗎？」[25]這當然是「不需問」的，而大臣應該像自己那樣，秉持勇士精神，「不許問」能否開口的問題；因為關於財寶的去向，那實在是欠缺風度、見利忘義的入侵者所「不該問」的。庫瓦赫特莫克的潛台詞等如是：只要「活著」，就「只能坐在」床上那小小的「方格子裡　等」，至死方休，決不能開口求饒，屈從於踐踏自己尊嚴的敵人。阿茲特克末代君主的舉止讓征服者科爾特斯備感羞愧，於是吩咐停止酷刑。

---

[25] 庫瓦赫特莫克既提及「玫瑰花」，前引卡夫〈我的玫瑰〉或許也與之存著聯繫：「讓我緊緊抱著妳／刺　就不見了／／血流乾了／我的心還是比妳紅」。當勇毅的阿茲特克末主「緊緊抱著」其原則（第一個「妳」），酷刑傷人的「刺」他就不放在心上了；即使自己被拷打得「血流乾了」，他的「心」還是比毫無戰士精神的西班牙侵略者（第二個「妳」）「紅」。

圖五：被捆的庫瓦赫特莫克坐在方格子裡等
（Leandro Izaguirre, *El suplicio de Cuauhtémoc*, 1892）

然而，庫瓦赫特莫克並未從此安逸。卡夫的〈此後〉續寫道：

> 淚水穿過淚水
> 繁殖更多的傷口
>
> 時間在時間裡腐爛
> 誰能超渡我

科爾特斯率軍到宏都拉斯討伐叛將時，強行命令庫瓦赫特莫克隨軍出發，後者遂在西班牙人點起的烽煙之中，見證著這些異邦惡徒造成的破壞，讓「淚水穿過淚水」，使大地「繁殖更多的傷口」。途中，一些阿茲特克人計劃殺死科爾特斯，擁庫瓦赫特莫克回墨西哥城掌政；但他們沒能把握時機，最終「時間在時間裡腐爛」，科爾特斯很快偵破內情，隨即把阿茲特克的末代帝主絞死，消除後患。庫瓦赫特莫克儘管對征服者破口大罵，卻是誰都不能「超渡」含冤、含恨、含怒而亡的他了。

七、歷史的煙雲

如果說白靈重視開端，在五行詩裡追敘阿茲特克文明的來源，則卡夫可謂較重結尾，於末主庫瓦赫特莫克逝世後，仍為淪毀之邦的餘緒花費不少抒情筆墨。他以兩首詩呼應自己開頭所寫的阿茲特克史，其一是對照〈妒忌〉的寫法，以「仙人掌」借指阿茲特克，寫出〈仙人掌〉一篇：

如排列的墓碑　注定蒼涼

不死是天生的悲哀
堅強是硬撐的謊言

你是世上最後的誓言

西班牙人除以槍砲殺戮阿茲特克人外，更為美洲原住民帶來了後者缺乏抗體的天花、麻疹和流行性感冒，以致中部墨西哥人口由1519年的二千五百萬之數，銳減至1565年的二百五十萬[26]——昔日

[26] Woodrow Borah and Sherburne F. Cook, "The Aboriginal Population of Central Mexico on the Eve of the Spanish Conquest," *Ibero-Americana* 38 (1954): 88-90.

輝煌鼎盛的帝國，竟變成處處是「排列的墓碑　注定蒼涼」。特拉科特辛（Tlacotzin, ?-1526）——那位受火床之刑而幾乎熬不住的帝國大臣——在庫瓦赫特莫克死後，由西班牙人立為新的阿茲特克統治者。接下來的四十年，這樣的傀儡君主仍時有更替，給人一種阿茲特克長存「不死」、仍然「堅強」的錯覺，可那不過是「硬撐的謊言」，受盡屈辱折磨的原住民來到世上，只感到深沉的、「天生的悲哀」。在他們眼中，壯烈成仁的庫瓦赫特莫克已是「世上最後的誓言」，是阿茲特克最後的領導者[27]。

既然復國無望，久而久之，墨西哥城裡阿茲特克遺民的思想也就由慷慨激昂變為悲傷自憐，再變為平淡，而終成麻木了。卡夫的截句詩〈沒有事發生〉曾寫道：

一條老狗在舔天氣
一群條子在圍捕竄逃的風
一個老男人被年輕女人的聲音清洗著

懶洋洋的街道若無其事地坐了一個下午

特諾奇提特蘭城破後，神廟裡的祭司被西班牙人放狗咬死，而今「老狗在舔天氣」，寒暄度日，沒有人記得當年情仇了；「一群條子在圍捕竄逃的風」，說的是部分西班牙人仍不甘心地尋找庫瓦赫特莫克藏起來的財富，但既是「風」聞，鮮見收穫，那班阿茲特克遺民看到了，也就沒當一回兒，不想守衛這筆傳說中的鉅資了；

[27] 肖雋逸，〈從阿茲特克末代皇帝到現代墨西哥民族象徵——夸烏特莫克形象的歷史變遷〉，《江蘇師範大學學報（哲學社會科學版）》42.5（2016）：32-38。

至於西班牙「老男人」收買阿茲特克女奴，衰退的肉身「被年輕女人的聲音清洗著」，亡國之人更是司空見慣，大家的感覺都麻木了。於是，全無復國之念的阿茲特克人就在「懶洋洋的街道」上，「若無其事地坐了一個下午」，比起〈餘生〉的「我一路爬行」，俯首稱臣的已不止於肉身，更有心態。

翻書至此，卡夫的心理壓力已難承擔，於是像〈仙人掌〉對應〈妒忌〉，他再以〈信念〉裡的「學會合十」，花樣翻新，寫出了又一首截句詩〈合十〉來，表達欷歔的心境：

所有能流的淚
眼睛都說過了

我　合十
合不上一路走來的黑

「合十」在〈信念〉裡解作過起安穩的城居生活，但想到阿茲特克史最後的圍城片段、奴役畫面、屈辱場景，屋壞牆傾，人亡家散，處處傷情，真是「一路走來」俱是昏「黑」，讓詩人「所有能流的淚 ／ 眼睛都說過了」，即使雙手「合十」，其心靈也無法立即安定下來。詩中的「合不上」一語雙關，既指「合十」，又指卡夫合上阿茲特克史的書頁後，依然「合不上」腦海裡的記憶——翻閱白靈五行小詩和卡夫截句，讀懂裡面的古史訊息，愛詩人可能也會有這樣「合不上」的感覺。

讀史而「合不上」，掩卷嘆息——嘆息阿茲特克無力復興，嘆息美洲原住民飽歷折磨，卡夫很自然有了介入歷史的奇思，想對苦難中的被侵略者伸出援手。他的截句詩〈落花〉，寫的是：

來不及美麗
風雨就來送葬

多麼想彎身和妳說　回家了

阿茲特克稱霸墨西哥谷約五十年，還「來不及美麗」，西班牙人掀起的「風雨就來送葬」——值得留意的是，白靈〈颱風II〉中，「六百公里的風雨」即指西班牙遠征軍，卡夫和白靈詩的緊密扣連在在可見。痛惜於偌大帝國竟在其最興盛之時忽然夭折，卡夫同情起那些破家流離的女性，心中「多麼想彎身」和她們說「回家了」，讓她們不必像白靈小詩裡陳述的：「一口愛哭的井哭了一整夜」而仍不能止住淚水，或亂「漂」到哪個施虐者的「窗」前，被推倒在「床」上，毀節汙白……

卡夫學習中外史書先敘事件、再抒情懷的筆法，頗稱全備地完成了自己的阿茲特克詩寫，這對白靈先發的嘗試來說，可謂是一種突破。歷史的煙雲遠了，讀者的幽情卻可隨時召回；小詩和截句的字行排好了，詮釋者的互動可忽焉興起——應該還有接續解說詩義的讀者和接續寫史的詩人吧。卡夫便以他寫作此系列詩時的年齡，寫下〈56歲〉一首，留下歷史煙雲，誘發新詮與競寫：

我的一生　翻來覆去
逃不出一張手掌之外

攤開來　千萬條河

我要在哪裡棄舟上岸

細緻讀來，這篇與蒙特蘇馬二世、庫瓦赫特莫克、科爾特斯、科爾特斯的土著情人馬林切（La Malinche, c. 1496 or c. 1501-c. 1529）、先後臣服於阿茲特克與西班牙的美洲原住民等，全都有著聯繫，是卡夫最精心設計的複義截句詩。筆者留下這篇不作解說，讀者或可藉熟讀阿茲特克相關史事，自行理解，並以此發軔，譜寫自己版本的「新詩阿茲特克史」或「新詩阿茲特克史詮釋」。

八、勝利的代價

把話題跳到消滅阿茲特克的西班牙，略作補充。

征服阿茲特克及其餘美洲地區，這對西班牙皇室帶來的收益不容低估；但是，若以全國的經濟前景為觀察對象，出奇地，它卻似乎弊多於利。金銀的大量流入，使西班牙本土出現嚴重的通貨膨脹，工人薪資亦於稍後一併上升，結果造成西班牙商品價格遠高於鄰國、外貿競爭力急劇下滑的情況。與此同時，流入的外國商品由於價錢廉宜，逐漸侵佔起西班牙的國內市場，本地製造業因之日益疲困。虎視眈眈的荷蘭、英國、法國等則乘時而興，其工業因向西班牙及美洲殖民地供應商品而獲得了飛躍發展。「忙了整夜」的西班牙征服者，原來只充當被黃金之餌捕獲的「魚兒」，在美洲撈取的財寶彷如「鏡花水月」，轉瞬便用於養壯自己的歐洲對手——西班牙只落得經濟凋敝，而又強敵環伺的下場[28]。白靈的〈釣〉因而寫到：

水月是一輪沸騰的黃金
溪水忙了整夜收攏它懷中的財富
仍有些流金漂到下游去了
老者唇邊停著一隻螢火蟲
釣絲垂進水中尋魚兒的小嘴

西班牙人以「沸騰」的欲望掠奪阿茲特克的「黃金」，最後卻一場歡喜一場空，所得不過為鏡花「水月」；他們不惜發動戰爭，密匝匝排兵列陣，急攘攘攫奪珍奇，「忙了整夜收攏它懷中的財富」，但「流金」最終「漂到下游」，只使英、法、荷蘭等國受益。命運之神化身的「老者」忍不住發笑，西班牙人到底只成了咬住「釣絲」的可憐「魚兒」，儘管鼓其雄心，掃蕩中美，摧毀掉滿載黃金的特諾奇提特蘭，偏偏由此帶來的龐大利益並不是西班牙人所能享用的——億載雄心，竟咽不下一座金城[29]！

卡夫的〈要是你不來〉則謂：

---

[28] 彼得・李伯賡（Peter Rietbergen），《歐洲文化史》（*Europe: A Cultural History*），趙復三譯，下冊（香港：明報出版社有限公司，2003），17-18；呂理洲，《學校沒有教的西洋史》（臺北：時報文化出版企業股份有限公司，2004），183-84；王曾才編著，《西洋近世史》（臺北：正中書局，1976），33-34；向思鑫，〈西班牙無敵艦隊毀滅之謎〉，《世界歷史49大謎》（臺北：究竟出版社股份有限公司，2004），117。

[29] 這首詩也可繫於「悲痛之夜」作解：那次西班牙人要突破包圍，從特諾奇提特蘭逃跑，但不少士兵捨不得繳獲的「黃金」，竟然「忙了整夜」，把各類金器「收攏」在「懷中」，結果於匆匆忙忙越湖而逃時，失去平衡，跌入湖中溺死，金子則「漂到下游去了」。福兮禍之所伏，命運老人看見西班牙人咬住「釣絲」，為「水月」白忙一場，「唇邊」應會閃出「螢火蟲」的光亮，粲然一笑。

一無所有的天空
如何飛出憂鬱無盡的夜

冬天的距離
如何會有貪婪的期盼

同樣是寫西班牙人為而不能享——那些在「悲痛之夜」喪命的士兵，「要是你不來」，沒有得，沒有失，「一無所有的天空」，又哪會有被俘上獨木舟的「憂鬱無盡的夜」？那些在征服阿茲特克後，風聞美洲各地黃金國傳聞的冒險者，「要是你不來」，沒有得，沒有失，「一無所有的天空」，又哪會有空手而回時「憂鬱無盡的夜」？即使是功勳最著的科爾特斯，他於戰後成為新征服土地的總督，威風顯赫，卻遭政敵連番攻訐，應接不暇，及後又因資助各種探險隊而導致生活拮据，晚年時更不受西班牙王室重視，得病鬱鬱而死，到反殖民的當代，他似乎還將有千秋罵名——「要是你不來」，不出發遠征美洲，科爾特斯應該會成為一名在歐洲執業的律師，哪裡有「憂鬱無盡的夜」？所以「貪婪的期盼」，它是把人推離沒沒無聞的「冬天」，還是把人推進憂鬱無盡的「冬天」，抑或兩者兼而有之，誰說得準呢？而這也是讀史的省思。

九、結語

總結來說，自言在創作上受到臺灣文學影響頗深的卡夫，其截句詩結集亦是與白靈五行小詩分進合擊，共同以新詩的形式演繹遙遠的阿茲特克歷史。除了未像《五行詩及其手稿》般追溯阿茲特克人的文化起源外，其他如定居建城的傳說、宗教生活及神祇、侵略者的下場等，卡夫與白靈都有著相同的關注主題，而於科爾特斯征服特諾奇提特蘭城、奴役美洲原住民等題目上，卡夫則非常細緻地，對白靈五行詩只簡單概括的部分作出了詳盡的補充。《卡夫截句》，倒是拾回了白靈「截」掉的歷史材料，再刮垢磨光，以精鍊的文字鋪成詩章。

白靈、卡夫二人分進合擊，凡所異處，令人細思兩者「如何截然不同」，從比照之中，能更多元地欣賞詩家闡釋、鋪述阿茲特克史的特殊角度；但同時，凡所相合處，又令人察覺出反問句式的、截句與小詩「如何（需要）截然不同？」正因互聯互顯，相輔相成，更周密的「新詩阿茲特克史」才有獲得建構的可能[30]。「截句運動」或許也可作如是觀，它是「鼓動小詩風潮」的一浪，有其「截舊為新」的獨特之處；而藉「截句」的名義所號召的各種投稿、競寫活動，又同時推動了「小詩」的創作——從「鼓動小詩風潮」的大題目來看，「截句」的倡議和流行總也算是進擊開拓的一步，不妨多加肯定。小詩和截句的關聯和分工是值得探討的題目，宜用「正讀」方式再作詳析，姑俟後論。

結尾的補充是，如果正第一次閱覽「誤讀詩學」的文章，未理解其運思的脈絡與手段，則以下取自筆者另篇論稿的資料，可供參考。就讓「誤讀」、「正讀」，也分進合擊，以不同的詩心共建諧和的詩國——

羅蘭・巴特（Roland Barthes, 1915-80）認為「可寫文本」與封閉的「可讀文本」不同，具有充足的條件，能誘使讀者介入其中，

---

[30] 2019年即科爾特斯進入阿茲特克四百週年，三年後（2021）為特諾奇提特蘭陷落四百週年，屆時詩家相逢，應有佳作，延續新詩對墨西哥史的關注。

進行再創造[31]。但除了這對相峙的概念外，巴特亦提出「消費性讀者」和「生產性讀者」的說法，後者為「理想的讀者」，參與意識強烈，回絕文本顯明的可理解性，而視之為再生產的材料，藉由個體的詮釋，闡發文本的多重意義[32]。若「可寫文本」沒有「生產性讀者」的積極配合，其意義的發揮仍會受到限制。

茨維坦・托多羅夫（Tzvetan Todorov, 1939-2017）曾說，當代的文學詮釋已不能以「準確」為目標[33]，卻不妨轉移焦點，以追求豐富、激越、具趣味的再創造為旨歸[34]。的確，「生產性讀者」有了主動投入的意願，當代的文化理論亦提供多種資源，讓人能放膽開展新的詮釋，如沃夫爾岡・伊瑟爾（Wolfgang Iser, 1926-2007）注

---

[31] 羅蘭・巴特（Roland Barthes），《S/Z》（S/Z），屠友祥譯（上海：上海人民出版社，2000），56-57。另參考Lawrence D. Kritzman, "Barthesian Free Play," *Yale French Studies* 66(1984): 20；Joseph Margolis, "Reinterpreting Interpretation," *The Journal of Aesthetics and Art Criticism* 47.3(1989): 243。

[32] 巴特，51、53、56。

[33] 作為參考，茱莉亞・克莉斯蒂娃（Julia Kristeva, 1941- ）的「互文性」理論曾指並無所謂原初性的文學文本，認定任何文本皆像鑲嵌畫般，必然是在生產過程中吸納並轉化先前的文本，是依賴於其餘存有者及其釋義規範方得以書寫的；由於書寫的基礎乃文化的累積，一個文本與其餘文本存有的「互文」關係，有時並不為作者自己所意識，故以作者意志為詮釋的向度，並不能滿足對文本文化內涵進行開掘的要求。詳見Julia Kristeva, "Word, Dialogue and Novel," *Desire in Language: A Semiotic Approach to Literature and Art*, ed. Léon S. Roudiez, trans. Thomas Gora, Alice Jardine and Léon S. Roudiez (New York: Columbia UP, 1980), 66。與此相似，安納・杰弗遜（Ann Jefferson）論證了文本無法擺脫外在因素如體制和規範之影響，否定了其具有固一意義之可能。見Ann Jefferson, "Intertextuality and the Poetics of Fiction," *Comparative Criticism: A Yearbook*, ed. Elinor Shaffer, vol.2 (London: Cambridge UP, 1980), 235-36。另外，哈羅德・布魯姆（Harold Bloom, 1930- ）專門提出「互詩性」的理論，指認以文字書成的每一首詩都必將建構出牽涉到文本外的、更廣闊的語言網絡，以致作者自身對文本設下的釋義框架，最終亦必無法妥善保障詮釋的獨一性和真確性，其結果是令作者與單一的文本皆無法自足地存在於文學作品的析讀之中。詳見Harold Bloom, *Poetry and Repression: Revision from Blake to Stevens* (New Haven: Yale UP: 1976), 2-3；Jonathan Culler, "Presupposition and Intertextuality," *The Pursuit of Signs: Semiotics, Literature, Deconstruction* (London; New York: Routledge, 2001), 107。

[34] Tzvetan Todorov, *Introduction to Poetics*, trans. Richard Howard (Minneapolis: U of Minnesota P, 1981), 30.

重「閱讀反應」[35]，雅克・德里達（Jacques Derrida, 1930-2004）強調「重述性」[36]，吉爾・德勒茲（Gilles Deleuze, 1925-95）與費利克斯・瓜塔里（Felix Guattari, 1930-92）揭櫫「分裂分析」[37]等，詮釋者實可按自身能力、經驗和興趣，對同一文本作無量無數的理解，導出異彩紛呈的結論。

筆者提出的「誤讀詩學」即以解構理論為指導，旨在顛覆能指結構穩定、意義單一的假設，趨向多元釋義，發掘文本內外無窮無盡的所指。由於「誤讀」旨在發揮創意、給予讀者全新的閱讀經驗，其闡述出來的意思愈是出格，則應該愈具示範作用。

[35] 沃夫爾岡・伊瑟爾（Wolfgang Iser），《閱讀行為》（*The Act of Reading: A Theory of Aesthetic Response*），金惠敏等譯（長沙：湖南文藝出版社，1991），207。

[36] Jacques Derrida, "Signature Event Context," *Glyph* 1(1977): 172-97.

[37] 吉爾・德勒茲（Gilles Deleuze），〈與費利克斯・加達里關於《反俄狄浦斯》的談話〉（"Gilles Deleuze and Felix Guattari on *Anti-Oedipus*"），《哲學與權力的談判——德勒茲訪談錄》（*Negotiations*），劉漢全譯（北京：商務印書館，2000），26。

後記

K自稱土地測量員，在一個遍地積雪的深夜來到城堡外的村莊。他聲稱受到聘用，前來丈量土地，要求進入城堡。城堡方面卻拒不承認曾經聘請過K，不僅拒絕讓其入內，甚至想將他逐離村莊。這之後，K為進城大費心力，前途卻愈顯渺茫。他去找村長，村長說K的到來純屬錯誤，因為多年之前，城堡某部門確曾提出議案，要請測量員到村莊幫忙，村長卻覆信謂不需測量員，可是其信函或是投到另一部門，或是中途丟失，或是在文件堆中，積壓待拆，未遑處理，總之就是沒有任何能正式接納K的決議出台。成為官僚主義犧牲品的K之後被城堡、村莊、小學校、客棧等輪番刁難，一直無法進得了城堡[1]。

以上是卡夫卡未竟長篇小說《城堡》的情節，當中充滿各種啟發思考的象徵，能夠誘人深入；但由於這些象徵所指不定，特別是「城堡」這一主題級意象難以準確把握，讀者若要洞悉卡夫卡的真實企圖，其努力終歸是徒勞無功、白費心機的。

從神學立場出發，「城堡」可以是神及其恩典的象徵，而K正追求最高且絕對的拯救；或者相反，城堡是神，唯K的各種進城嘗試，皆為挑戰至高者既定的世間秩序，與神為敵。以心理學剖析，

[1] 本文對《城堡》內容的引述及後續多處討論，皆據吳曉東，《20世紀外國文學專題》（北京：北京大學出版社，2002），14-19，只於文字上略作調整。

城堡客觀上不存在，它只是K自我意識的外在折射；從存在主義看，城堡表徵荒誕的世界，K任其擺佈而不能自主，正正透露了人的生存狀態及現代人的精神危機。據歷史或社會學觀點分析，效率低下、官僚主義嚴重的城堡代表著崩潰前夕的奧匈帝國，其官員顢頇無能又互相牽累；或者，城堡的集權是種對法西斯主義統治的預感。形上學的視域裡，K致力探求城堡不可知的底蘊，乃表示尋求生命的終極意義；馬克思主義文藝觀中，K的恐懼又變成來自於個人和物化了的外在世界的矛盾，K的困境，因而同時也是歷史和人類的普遍困境。當然還有實證主義，論者詳細考訂作家生平，並以卡夫卡所處的時代、社會、其家庭、交往、工作、遊歷、婚姻、病患、個性等，逐一對應小說中的人和事，索隱鉤沉，每每有或大或小的發現。

我則將城堡視為文學文本的作者意圖，土地測量員是閱讀及試圖分析的人，旅程開始時積雪甚深，且是黑夜，存著障礙，測量員唯與孤單為伍；特別的是，從村長到小學生，大眾認同城堡方面享有絕對的詮釋權，儘管測量員如何努力，其實都不及城裡人的話來得有效。

我於是在城外，甚至在村莊外另行搭起一座城池，自己當起城主人來，不去摸索原先城堡的門道，而是自行設定各種進城的可能，並跟陸續聚來新城的人成立另一社群。這樣，我們到底沒有進入他人設計的城池，但卻在出格的遊戲裡得到了自由——我們不僅不反對任何依然要進先前那城的測量員，甚至樂意人們說我們不循正途，只因不循正途不僅是手法，更是目的；我們的國號便叫「誤讀」，加上引號，表示這「誤」全屬故意，不是失誤。

有時我會說我的城給出了一種新的建城可能，令人再看原先的城時，得到更大啟發。這種一本正經的胡說八道，竟然也得到些許旅人同意，說這樣能豐富了「城堡」的含義。也許吧，就像卡夫卡的《城堡》，它讓讀者調整心態，把對確定性結論的熱衷，轉向為對複雜和不確定寓意的無盡追索。

古往今來，真正是誤讀而反能流傳的東西也太多了。流傳下去的不一定對，被時間淘汰的不一定錯。十百年後，「誤讀」國或亡或存，都不必介意。就「誤讀」卡夫卡〈中國長城建造時〉（"The Great Wall of China"）中譯本的幾句話作結：「那時候，人們頭腦中充滿許多混亂的東西，這本書僅僅是一個例子而已」[2]。

[2] 卡夫卡，〈中國長城建造時〉（"The Great Wall of China"），葉廷芳譯，《卡夫卡短篇傑作選》，204。

秀威經典　　臺灣詩學論叢16　PG2275

卡夫城堡
——「誤讀」的詩學

作　　者 / 余境熹
主　　編 / 李瑞騰
責任編輯 / 鄭夏華
圖文排版 / 楊家齊
封面設計 / 蔡瑋筠

出版策劃 / 秀威經典
發 行 人 / 宋政坤
法律顧問 / 毛國樑　律師
印製發行 / 秀威資訊科技股份有限公司
114台北市內湖區瑞光路76巷65號1樓
電話：+886-2-2796-3638　傳真：+886-2-2796-1377
http://www.showwe.com.tw
劃撥帳號 / 19563868　戶名：秀威資訊科技股份有限公司
讀者服務信箱：service@showwe.com.tw
展售門市 / 國家書店（松江門市）
104台北市中山區松江路209號1樓
電話：+886-2-2518-0207　傳真：+886-2-2518-0778
網路訂購 / 秀威網路書店：https://store.showwe.tw
國家網路書店：https://www.govbooks.com.tw

2019年11月　BOD一版
定價：290元

國家圖書館出版品預行編目

卡夫城堡：「誤導」的詩學 / 余境熹著. -- 一版. -- 臺北市 : 秀威經典, 2019.11
面； 公分. -- (語言文學類 ; PG2275)
(臺灣詩學論叢 ; 16)
BOD版
ISBN 978-986-98273-0-0(平裝)

1. 臺灣詩 2. 新詩 3. 詩評

863.21 108015529

讀者回函卡

感謝您購買本書，為提升服務品質，請填妥以下資料，將讀者回函卡直接寄回或傳真本公司，收到您的寶貴意見後，我們會收藏記錄及檢討，謝謝！
如您需要了解本公司最新出版書目、購書優惠或企劃活動，歡迎您上網查詢或下載相關資料：http:// www.showwe.com.tw

您購買的書名：____________________

出生日期：________年________月________日

學歷：□高中（含）以下　□大專　□研究所（含）以上

職業：□製造業　□金融業　□資訊業　□軍警　□傳播業　□自由業
□服務業　□公務員　□教職　□學生　□家管　□其它_____

購書地點：□網路書店　□實體書店　□書展　□郵購　□贈閱　□其他

您從何得知本書的消息？
□網路書店　□實體書店　□網路搜尋　□電子報　□書訊　□雜誌
□傳播媒體　□親友推薦　□網站推薦　□部落格　□其他__________

您對本書的評價：（請填代號　1.非常滿意　2.滿意　3.尚可　4.再改進）
封面設計____　版面編排____　內容____　文／譯筆____　價格____

讀完書後您覺得：
□很有收穫　□有收穫　□收穫不多　□沒收穫

對我們的建議：____________________

____

____

____

請貼
郵票

11466
台北市內湖區瑞光路 76 巷 65 號 1 樓
秀威資訊科技股份有限公司 收
BOD 數位出版事業部

（請沿線對折寄回，謝謝！）

姓　　名：＿＿＿＿＿＿＿＿　年齡：＿＿＿＿　性別：□女　□男

郵遞區號：□□□□□

地　　址：＿＿＿＿＿＿＿＿＿＿＿＿＿＿＿＿＿＿＿＿

聯絡電話：(日)＿＿＿＿＿＿＿＿＿(夜)＿＿＿＿＿＿＿＿＿

E-mail：＿＿＿＿＿＿＿＿＿＿＿＿＿＿＿＿＿＿＿＿